U0011748

把丟掉的心找回來

曾昭旭

吃飽之後人生問題才開始

曾昭旭

我們每天翻開報紙，打開電視或網路新聞，一定會感嘆人間事為什麼如此紛紜複雜。從政治到社會到家庭，從大人物的權力財富問題到小市民的生計感情問題，真是無日無之，沒完沒了。其間固然有正向的可喜可悅，如陳樹菊、吳寶春、吳季剛、林義傑、曾雅妮、林書豪等等台灣之光，可也有更多負向的可悲可惡（這就不必一一列舉了）。試問這人間到底是什麼回事呢？動物植物的世界乃至整個大自然有這樣的矛盾錯雜令人困惑難解嗎？

原來動物（乃至整個大自然）的生活只有一層，就是生存，所謂食色性也。一隻貓吃飽了就沒事了，可以擦擦臉睡懶覺了！但人的生活卻有兩層，吃飽飯只是基層存活需求的滿足，卻不是整體人生問題的解決；而且恰恰相反，吃飽飯才是人生問題的真正開始。

原來當人吃飽飯，一種動物沒有，人所特有的進級需求就產生了！這種進級需求一言以蔽之就是意義、價值、尊嚴的需求。這不是身體存活之所需，而是心靈存在的必要。孟子說：「人之所以異於禽獸者幾希。」這幾希的一點點差別原來就在人除了身體形軀，還有一顆心！

當然，所謂人的這顆心，不是指心臟，也不是指大腦，因為這還是身體結構的一部分，有它們特定而有限的機構功能；所謂人心，其實是指以整個身體為基地，而表現出來的一種「人生的整體性需求」，或說「存在需求」。這種心靈存在的直接表現，就是自我意識。

真的，人與動物不同的核心表徵就在這裏，動物不會說我怎樣怎樣的，人卻幾乎無時無刻不從自我出發，所說的話最常出現的字眼就是我；英文寫到「I」還要大寫哩！

但自我意識的內涵是什麼呢？也就是說人心到底想要幹什麼

呢？簡單說：人吃飽飯後的第一項願望與要求就是「自由」，就是不要被管、被約束。第二項願望或理想就是與他人相愛相通而獲致一種同體感。這兩者都實現了，就會湧現一種生命存在的意義感、價值感，也可以總稱為自我實現。這時，人才會覺得沒有白活，覺得死而無憾。但理想在此，人的陷阱與歧途也在此。就是自由與一體是帶有矛盾性的。自由凸出了自我，與人一體卻常要放下自我。因此當人不能放下自我以將自我提升到更高的無我層次的時候，自我就會因想要突顯自我而壓抑別人（所謂「抑人揚己」），遂產生人我的相爭了！人間的紛亂、邪惡，會產生這麼多相爭相殘的悲劇，可以說都是由此而來的。

也就是說，除非人心充分自覺，自我充分實現，否則，若只有半調子的自我，反而會成為人間的亂源與人生苦痛的病根。難怪老子會說：「吾所以有大患者，為吾有身，及吾無身，吾何有患？」了（「身」就是自我的意思）！

像這樣半調子的自我意識，也就是只看到我的自我而看不到別人的自我，會因自由而忘記愛的人心，就稱為「人心的昏昧」或「人心的流失」。

但人心為什麼會昏昧流失呢？是人天生就有邪惡之根嗎？其實不是，而是上天對人性的一種特殊設計，要充分成全人的自我實現要求，因此不會免費給人與人相通為一體的最高滿足，而要人訴諸完全的自由意願，自覺地去愛人，才能實現最高、最充分的存在意義感。

所以，當人只有半調子的自我意識，就會一心求自由卻反而不自由。且徒然惹來許多憂慮、恐懼、矛盾、苦惱。人必須由此猛省，反求諸己，才能藉著心靈更充分的自覺，湧現出無私的愛人行動，去充分實現人之所以為人的本性本願。

所以孟子才說：「學問之道無他，求其放心而已矣！」我這本書也因此才以「把丟掉的心找回來」為核心關懷，廣泛討論人要怎樣才能充分成為一個人，這個與每一個人都密切相關的課題，希望對陷於紛亂困惑中的現代人，有一點點參考的價值。

目錄 contents

第3輯

把丟掉的心找回來

第 4 輯

從養心到養氣

第　1　輯

自我與愛的辯證互動關係

感情問題本質上都是自我問題

現代人普遍為情所傷、為情所困，早已不是新聞了；但緣何致此？卻仍然有待我們深入探討。

✺ 自我與愛原來是一體兩面

首先從外緣來看，當然由於現代是一個開放、自由、民主、多元的時代；而其間最大的解放就是兩性關係。自從女性啟蒙、社交開放、兩性平等，自由戀愛就成為日益弘大的浪潮；人人都可以淺試深嘗，不復為少數才子佳人所獨享。但這畢竟是一個全新的浪潮，因此現代人在愛情上全是盲目摸索、蹣跚學步，甚至是賭上自己的一生幸福去作這一番也許偉大也許愚昧的冒險。於是當然成功者少，失敗者多，而為情所傷所困便不可避免。

不過撇開外緣，直就本質來看，我們仍然要繼續追問：我們的生命感情畢竟是因何受傷？被什麼所困？而答案恐怕不在感情，而在自我。也就是說：所有感情問題本質上都是自我問題。是自我荏弱、受傷、迷失，才導致人我關係不能用自由、主動、無私的真愛去主導，而染上自私、懷疑、功利的色彩，才讓感情變質，以致傷人傷己的。**原來真愛絕不傷人，會傷人的都是假愛。真我也絕不會受傷，會受傷的都是假我。**於是當人人都以假我發出假愛，自然便人人都為情所傷、為情所困了。

但，人是緣何驀然發覺自我原來不是一個健全的真我，而是一個會受傷的假我的呢？答案竟然是：人都是因為在戀愛生活中受傷，才暴露出自我原來是假。**這竟然成為愛情對人生第一項顯示出來的功能：戳穿人自以為健全美好的假相，讓人狼狽地發現自己原來如此幼稚、脆弱、卑鄙。**於是戀愛竟可以成為我們藉以反省自我、改善自我的誘因。等我們將自我修補到大體健康之後，我們才能以真我發出真愛，去成就人我間的美好愛情。

我因此深深感到：人在成功一樁愛情之前，先有幾次不成功的感情事件是難免甚至是必要的。因為人須要藉情傷的強烈刺激，去促成自我的覺醒與改善，然後才能從那裏摔跤，從那裏站起，而具備經營愛情生活的能力。

原來自我與愛，真的是一體的兩面，要真一起真，要假一起假。

當然，雖說兩位一體，其本畢竟在自我，所以我們不妨就採取「借愛情現象以探討自我」的論述方式，以講明愛情生活的經營之道。這樣，對被愛情的複雜詭譎所迷惑的人，也許有執簡御繁之效罷！

✺ 借分析情傷找回真我

好！我們立刻就來談談如何執簡御繁、好讓人從迷惑中恍然有所悟。

15

感情問題本質上都是自我問題

原來所謂執簡，就是要人了解自我與愛的一項共同本性，那就是兩端一體、真假相即的弔詭性。原來，是人不了解自我與愛的詭譎，才會覺得詭譎而為其所迷惑。如果了解其本性詭譎，詭譎便化為平常而可解了！

我們不妨先舉一個例子來說明這道理：我的學生，作家陳雪，她創作的一部長篇小說名為《附魔者》，意思是：所有墜入愛河的人其實都是被魔附身的。我讀她這部小說才四分之一，心中就油然泛起這樣的感想：「打開地獄之門的通關密語就是愛。」真的，當一個人跟你說「我愛你」的時候，你且慢高興，因為這時一扇門冉冉打開了，而那卻是地獄之門。

但為什麼會這樣呢？乃是因為必先通過地獄，才能到達天堂；因為失敗為成功之母，經歷過幾次失敗的感情事件，人才可能更了解愛情而獲得經營愛情生活的能力。我們若了解這個道理，就不用害怕失敗與情傷了，**只要我們能從情傷中翻上來，情傷就會轉化為智慧。**

這樣說來，情傷竟是愛情生活中不可避免的經歷了！那麼所謂情傷到底是什麼意思呢？

原來所謂情傷，根本就是藉著戀愛的強大刺激，把生命底層的陰暗部分如自私、嫉妒、佔有等全翻攪上來，而讓本來就蘊藏著病毒的生命因此發病了。所以，愛情秉其浪漫理想、新鮮活力，固然力足以讓長久封閉的生命甦活，變得開放活潑，而成為受傷生命的復原希望，但先湧現出來的卻是生命中長久壓抑的陰暗舊創。原來復原的意思就是療癒舊創啊！而要療癒舊創，當然要先讓潛伏的舊創再度發病，才能正確診察，對症下藥。待自我大致復原，談戀愛的能力才能展現，情人們也才有希望品嘗到相知、相愛、相信的愛情滋味。

我們由此可知，為什麼人一談戀愛，就忍不住對情人使性子、發脾氣、刁鑽古怪、無理取鬧，好像不把情人折磨到受不了一怒而去，絕不罷休。原來正因為既設定這是個愛我知我、可堪信賴的愛情對象，我當然可以放心呈現我的真實面貌，希望能在他的愛心包容與智慧協助之下，恢復我生命的光采與可愛。

但，事實上情人卻未必真堪信賴（雖然他一再宣稱愛我），因為他通常也跟我一樣是有舊傷未癒，也正待愛情去救贖的病患，他甚至根本不明白愛情必蘊涵陰暗凶險，且必伴隨愛情一起發生這弔詭的道理。所以，他怎麼有能力了解我無理取鬧的底蘊，而幫我安渡危機呢？

這於是需要有一套愛情的道理，去幫助情人們了解愛情的幽微，增長談戀愛的能力。而這一種愛情的道理，就不能只談戀愛的技術層面，或愛情病痛的症狀緩解，而須要透徹到生命感情的根源處才行。因此它本質上是一種生命哲學，它探索到的愛情病痛的底層根源就是自我長久的舊創，以及由此沉積成的無明結習；尤其要緊的，它更要講明這些病痛結習的來源起因絕大多數正就是人與人間的感情經驗。因此，如何正視生命的情愛理想，走通這人我相通之路，讓情愛不是生命的危險而是自我的實現，就是非常必要的人生修為了。

本書就是秉持這樣的理念，繼《因為愛，所以我存在》之後，轉以自我為主題，再次對情愛與自我的辯證關係，試作更深一層的勘入。

在感情的創傷中全身而退

最近我一位朋友發生了所謂「外遇」，他的妻子不免憂傷惶急，就打電話給我，問她該怎麼辦？在她的訴說中我聽到了一句震撼性的話，就是當她對先生表達她的憂急時，先生竟然如此回應：「你不能阻止別人相愛！」

一般有外遇的丈夫面臨妻子的責問，總不免會心懷愧疚，低調道歉，或者相反地用惱羞成怒來掩飾反擊；鮮少如此理直氣壯。這位丈夫居然如此與眾不同，問他還愛不愛妻子，他也肯定還愛，他只是遇到特殊的機緣，忍不住想要有一些新的體驗……。則試問：他真有道理嗎？作為他的妻子該怎麼辦？

其實若就人的本質是自由，人際關係的本質是愛，這兩項有關人性的最高真理而言，這位丈夫的話是不能算錯的：一個人基於自由意志愛另一個人，誰都沒有資格反對阻止，即使親如夫妻也一樣。

但社會上為什麼普遍認為已婚者不該外遇（延申也包括有情人者不該劈腿），若發生外遇其配偶有權指責呢？

這牽涉到兩個重點，卻可能分屬兩個不同的婚姻倫理。就本質上是一種分工合作（男主外女主內）、利益交換（門當戶對、各取所需）的舊婚姻倫理而言，配偶外遇意味著對體制不忠，會危及社會秩序與個人安全，所以為了公眾秩序與個人利益，必須一致聲討。尤其身為外遇者的配偶，更會產生被背棄的創傷與憤怒，並秉持體制所交付的權力去對自己損失的權益加以究責追討。其行為就一如公司的經營者作出有損整體利益的決策之時，所有其他成員必然究責一樣。

但若就本質上是基於自由相愛而結合（這時特稱為愛情）的現代婚姻倫理而言，雖然外遇仍屬不該，但卻不是因合伙人權益受損，而是因愛情本質上只能一對一；換言之不是因對體制（群體利益）不忠，而是因對愛情（有關愛的根源理想）不忠。因此面對這問題就不是權益的追訴、法律

面的究責，而是感情上的溝通、真愛假愛的釐清。而唯一有資格去進行溝通釐清以決定分合的只有當事人自己。換言之是這對夫妻該靜下來好好作生命對話，而不是互相指責，至於其他人則更無置喙餘地。

那麼在夫妻的生命對話中該溝通釐清什麼呢？一是我們的愛情還有沒有？（有則留，無則分。）還在不在？（若雖有而暫時冷卻不在，便要設法重新啟動。）二是你對那所謂外遇的對象是愛還是愛情？（是愛才當持續，是愛情我們就分。）是愛還是欲？（是欲就該反省。）還有，對外遇者的配偶而言，也當釐清自己的情緒是來自關懷還是權益受損？務要濾除自私，回到自由、尊重、愛才是。

我因此建議朋友的妻子首先要撫平自己的情緒（當情緒動盪時一切言行抉擇都會失準）。其次要讓自己從原先設定的夫妻一體中抽出來回復自由獨立。然後再從容省察、靜觀其變、俟機溝通。至於結果則該分該合自有天理，不必執著，這樣也許才是即使不能保住愛情，至少也能保住自我的上策罷！

愛是自我成熟的證明

西方有一句名言：「婚姻是愛情的墳墓。」又說：「婚姻像圍城，城外的人想衝進去，城裏的人想逃出來。」這兩句話的共同底蘊其實是：愛情必基於自由意志，而自由正是自我人格的基本屬性，但婚姻這社會制度卻構成對自由的壓抑，於是自然連帶把最需要自由的愛情也給毀了！

社會制度尤其是婚姻制度為何會毀損人的自由與自我？根本原因在人的自我未能及時順利長大。原來社會制度尤其是家庭，其功能除了維持秩序的運作以讓生活得以有效進行，也包涵對幼稚者的保護，亦即安全需求的滿足。但當人從幼稚逐漸長大（在此先不討論老弱傷殘），自我意識出現，自由、自主、自尊的需求也會逐漸高張。**這時便須跨越制度的保護，**轉以探索、冒險、創造、愛等等可總稱為自我實現者為生活的重心。而制度也該由以保護為主的封閉形態（法結構）轉型為以配合每個人的自我實現為主的開放形態（禮結構）。我們由此也可以證知前文為何說愛或愛情必基於自由，乃因愛是大人才有能力去做的事。

但什麼叫做自我長大？卻不是身體發育成熟便算，更重要的是心智、心靈的開發與自覺。在此除了輔助性的知識學習，最核心的要素是心靈的自覺或根本自信的建立或正確而充分的自我認知。否則已有高度的自我意識，卻沒有同樣強度的內力去支撐（即所謂高自尊低自信），自我反而會變得更脆弱、更容易受傷。我們試看青春期半大不小的青少年，何以敏感易怒，就可思過半了！

這於是產生了一面想跨越體制以求自由揮灑，一面又想躲在體制中獲得安全保護的矛盾。落在感情生活上尤其易見這種兩極擺盪。於是自由卻孤單的男女總想找個伴成家好安定下來，結婚已久的人卻又苦悶於穩定秩序的刻板無聊而想逃出去好呼吸一口自由空氣。

也許有人會問：既然如此，何必當初？但要知此一時彼一時，彼時此時的生命需求原有安全與自由的不同。那麼如何才能兼顧兩者，避免擺盪呢?則答案唯一,就是讓自我充分長大到在體制外能以自由的創造與愛來自我充實而不致空虛孤寂;在體制內也能秉其自信在秩序運轉中從容自得而不受壓抑束縛。於是人既能自愛,也能愛人;既能愛人,也能愛體制。此之謂「從心所欲不逾矩」,這才是長大成熟的自我。

伍迪艾倫二〇〇八年的電影《情遇巴塞隆納》,探討的也正是這個問題。片中理性保守的維琪,當她的自我因聽吉他感動而眼神閃耀被敏銳的畫家窺見時,忍不住出軌了。畫家安東尼奧與同是藝術家的前妻愛蒂娜卻因感情太自由奔放而雖相愛卻不能相處。女主角克莉絲汀娜徘徊兩端,想尋找兩全之道而未得。倒是畫家的詩人老父深知其故,說他的詩只吟詠而不結集出版,因為厭惡世人經歷多少代仍學不會如何愛。

的確,愛是自我成熟的證明,自我也常須在愛的失敗經驗中才會有所覺悟與成長。

自我是在生活中漸漸長成的

自我是什麼？藉著前文簡單的引發，我們至少可以先從兩方面作出簡單的規定：

其一是本質的規定，就是**自我必須是自由而且具有愛人的能力，才算是真我**；否則便是假我（當兩者都不具備），或是幼稚不成熟的我（當只有自由的要求而尚缺愛的能力）。

其二是歷程的規定，就是**這樣兼具自由與愛人能力的自我不是一出生便完成，而是得在生活中漸漸長成的**。換言之，人人都有由假到真、由幼稚到成熟的成長歷程。若成長得好，自我就愈來愈真實成熟，反之就會愈變得虛假、受傷、扭曲、破碎。於是就出現一種幫助人順利成長的學問，即所謂「成人之學」（如何才能成為一個人的學問）。

這種學問當然不是一種以知識思辨為主的學問（例如科學），而是在生活中探索實踐、反省體驗的學問。而生活中最佳的探索成長場所在那裏呢？就是家庭。

的確，幾乎每一個人都是在家庭中出生並且由幼小長成為大人的（所以失去家庭撫育的孤兒最屬不幸）；不但身體的成長如此，心靈人格的成長更當如此。於是**家庭成員的組成便理當分為兩類，即人格已成熟（能自由去愛人）的強者與有待撫育、教養、啟發、鍛鍊以成長的弱者。**以小家庭而言，就是父母（強者）與兒女（弱者）；以傳統大家庭而言，就是居三代中堅的一家之主（「壯有所用」或「朋友信之」）與老、幼兩代（「老有所終」、「幼有所長」，或「老者安之」、「少者懷之」）。

在家庭中，**強者與弱者間應當是怎樣的關係呢？一言以蔽之就是愛與被愛的關係，**而不是命令與服從的關係。不但在小家庭中不該是兒女絕對順從父母；在大家庭中，中堅的一代也不該無條件順從老父母，而是無論對上對下，都是愛之以德（有助於成全對方的人格）而非姑息（阻礙孩子的成長、折損老父母的德性），這才是真正的孝慈之道而非盲目服從權威的愚孝愚忠。

我們所以不憚辭費作此辨析，乃因長久以來孝道已扭曲變質，**以致喪失了家庭應有的功能（就是以愛幫助孩子人格成長）**。這原因若先從外部來說，就是混淆了家庭與社會的功能（以法律規範公民以維持秩序），導致家庭逐漸威權化、封閉化，親子關係也漸由柔性的愛轉為剛性的支配與服從；**即使看似柔性的溺愛縱容，骨子裏其實仍是一種支配的思維**，與愛之以德的尊重生命思維仍是大相逕庭的。

因此，合理的家庭結構應該是一個柔性結構、開放結構，富有適時調整的彈性與自由摸索的空間。家庭中的親子關係（先不論大家庭中複雜的人際關係）也應當是愛之以德的關係，能充分尊重生命的成長，給予孩子適當的摸索自由、成長空間。這樣，家庭才能發揮他最重要的本質功能，就是幫助孩子順利成長，不但體驗到自由的美好與珍貴，更能在自由的氛圍中舒展人性，學會如何去愛。

說人性的本質是自由與愛，這道理說來容易，但得真落實於生活，內在於人的生命中而成就為真實的自我，才是更重要的事啊！

自我與愛是一體的兩面

前文說家庭結構之變質、功能之喪失，自外部看是源於混淆了家庭與社會的功能，遂導致家庭的威權化。但若自內部看，則是由於身負以愛去啟導兒女之責的父母，事實上並不充分具備愛人的能力；遂在力乏之際忍不住假借威權去鎮懾生命、穩定局面，寖假遂導致家庭的威權化。

真的，且慢說人格的強者，就舉最普通的體力來說好了：當一位媽媽在疲倦之時（上班、做家事一整天，到夜晚巴望嬰兒趕快睡著好休息……），嬰兒卻偏哭鬧不肯睡覺，再愛孩子的媽媽這時都可能會忍不住抓狂打孩子屁股。原因何在？不過累了，力不從心，遂喪失愛的能力而已。

在體力上已然如此，在人格的強度上就更不例外，所以我們才說「愛是自我成熟的充分證明」。原來自我（或說自由）與愛根本是一體的兩面，只是落實於親子關係，各有其本末先後罷了！在父母，是秉其成熟的自由人格去發出純淨無私的愛，以幫助孩子發展出自由的人格，也同時藉此以自證其自我為成熟自由的自我。在孩子，則是在父母無私之愛的蔭庇下，得以順利成長為一自由的自我，從而也成功發展出愛人的能力。所以，父母一方面教孩子愛，同時也是在實踐地學習完成其自我，這也是一種教學相長罷！也可以就稱之為「身教」。

於是我們乃可以清晰地描述家庭生活的合理情狀，那就是一個**全家人（親子）一起參與共修的生命成長歷程**。在這歷程中，親子各有其自己的成長課題與考驗，卻也互相滲融為一體。亦即：我的生活中有你，你的生活中也有我；孩子的自我成長靠著父母的愛的支持，父母的愛的成立也要看是否真能幫助孩子長成為自由獨立的人格；總之是自由與愛是一體的兩面，親子的生命人格也實有其緊密的關連。我們乃知孩子的生命不健康，多源於父母不健康；父母缺乏愛的能力，孩子也多半學不會如何愛人。原生家庭對人的人格養成的確具有深遠的影響，所謂「三歲看八十」，我們又怎能不正視「**家庭功能正愈益喪失**」這個大問題呢！

而這個問題所以如此重要，無非是根源於「自我是必須在生活中漸漸長成」，而「自我成長的最重要場所就是家庭」，而「成長的方式必然是親子的同修共學、自由與愛的迴環相生」這幾點有關自我的基本肯定罷了！

當生命自我在良好的家庭生活中得到啟導與奠基，他才能具有起碼的人格強度或愛的能力，足以離開家庭，參與社會，去和其他人建立良好的人際關係，亦即本質上皆基於善意與互愛而建立的人際關係。一定得是這樣的人際關係才會是開放、自由、真實、有意義，而足以彰顯自我的存在，使自我得到存在的證明與存在範圍的擴大。反之，無存在自信與愛人能力的人，便必然只能以自私、自我防衛的心去和人打交道，結果則必然誘發彼此間的懷疑、防備、詐欺、爭鬥而造成自我的受傷、退縮、變質為虛假、虛妄，且與愛人能力之喪失形成惡性循環。

由此，**自我的存在狀態遂可大分為兩途，即真我與假我，而關鍵則在自我中有沒有愛**。於是真我假我遂成為探討自我問題時一對極重要的基本概念。

真我是一個動態的發展性概念

關於真我假我之辨，關鍵在自我有沒有能力去愛這個問題，我們不妨先提出一句類似於格言的話來作扼要的分判：

真我一定要通過真愛來證明
假我卻經常會用假愛來包裝

原來所謂自我，並不應該是一個靜態的結構性概念，而應該是動態的發展性概念。所謂結構性概念，就是在人際關係中區分為人與我兩端，這時人與我是靜態而對立的。別人是別人，不是我；我是我，不是別人。這就是一種被人為置定的主客對立的結構性概念，也可以稱為「我與他」的關係，這時我是主體，我以外的別人乃至整個世界都是客體，或說是與我無關的他者。這種說法當然並非不能成立，而是要認清這種說法的恰當運用場域是在作文書記錄之時，而不是在真實生活之中。換言之，那是一種為記述方便而暫行的抽象分解，當我們回到具體的生活之中，自我事實上不是一個具有確定內涵的概念，而是不斷在生成變化的發展歷程，這歷程就稱為「活」或「生活」或「活著」。必須是正在活著的我才是我啊！不是嗎？那在文書中記載的我只是自我生活歷程中一段陳跡罷了！所以，如果一定要用文字表示這活生生的自我，至少不要把他等同於靜態的結構性概念，至少要視之為動態的發展性概念。

那麼，「動態的發展」又是什麼意思呢？也就是說：「活」或「活著」又是什麼意思呢？這當然不能僅指形軀肉身的存活，因為身體的新陳代謝活動嚴格說仍然是一種按一定規律在反覆運轉的「廣義的靜態」。這身體的存活其實只是人生（人的完整生活）的憑藉或舞台；那憑藉這身體以表現的，或在這舞台上表演的，才是人生的本身。於是所謂「活」或「活著」的意思就是尋求自我的表演、表現、呈現、實現，以證明自我的存在。而其中最充分的證明就是拓展自我的領域，以伸入到原來非我的範圍，而最真實的拓展就是愛。

上述的這幾句話其實可以分好幾層來看：首先，將自我和別人比較，以對比地凸顯自己，似乎也是一種證明（我是我，我是跟你不一樣的）。但細想想，這其實仍在靜態的人我對立格局，自我的領域並未擴大，所以這樣的自我仍只是人為假立的假我。其次，是通過一種動態的鬥爭征服歷程去拓展自我的領域，以勝利的光榮來證明自我的存在。但更仔細地想想，就會知道這拓展不是真的拓展，這光榮不是真的光榮。因為被征服者並不會真正順服，他心中的怨恨正隨時待機反撲，所以征服者的心從不會有真正的安穩，即使不斷地假借仁愛的姿態去收買人心，他心中仍存在著無休止的恐懼，而實只是一個渺小的獨夫。他不但沒有因此證明自我的存在，反倒常因此否證了自己的存在，導致被推翻的命運。所以，這當然也是一種假我。

於是我們自然逼到一個結論，就是**只有通過愛，自我才可能有真實的拓展以及證明**。至於何謂通過愛來拓展自我？其間的真實程度還有最與非最之別嗎？則容下回再詳說了！

自我通過愛的直接證明與間接證明

前文說只有真實活著的我才是真我，而活著就意指自我的不斷拓展，而最真實的自我拓展只有通過愛，所以真我一定得通過愛才能獲得充分證明。

但何謂通過愛來拓展自我、證明自我的存在呢？這卻有直接與間接兩路。所謂直接的拓展，就是在眼前當下生命實存的此刻，對你所面對的人（乃至事物），用自由主動真誠無私的愛去打開他的心扉，進入他的生命，而與他相融互動為一體；即所謂「心心相印，兩位一體」。這時你的生命真實擴大了，他的生命也真實擴大了。雙方都感到更自由也更充實，也就是雙方的自我都獲得了證明。

以上這段話當然還可以分析出好幾項要點來：其一是互相打開心扉

而相融互攝的行動不必是一剎那就能完成的（當然也有兩心在剎那就相遇的，如浪漫觸動），更經常或更充分的相融是心身一體的互相進入，那就一定會通過一段不斷溝通磨合的歷程而由疏到親、由二合一。其二是這歷程也不是直線前進的，通常都是或親或疏、或信或疑的跌宕辯證。其中緣故，或由於心的或誠或妄，或由於所遇到的人我隔閡或淺或深，溝通的或易或難，遂使得溝通歷程有進有退，甚至可以到十分複雜的地步。換言之，**愛說來簡捷，實際去做是非常繁瑣艱困的；於是自我的落實證明也同樣並不容易**。其三是自我的真實拓展必然與所愛的對方同步，才是真拓展，否則便是假愛之名，而實為利用對方以張顯自我（這實屬一種廣義的侵略征服）的假拓展假證明。所以**通過愛來自我證明一定是一種互證與同證**，因為必如此才可能彼此真圓成為一體，而不是消滅一方以壯大一方。而**這樣的人我關係便不是「我與他」的對立關係，而是「我與你」的互動關係**。換言之，我與你只是暫時假說的兩端，不管是我還是你，其存心都是願以愛來通連彼此的，而通過不斷相愛的歷程，我們也將愈趨近於兩生命的合一，以及彼此自我真實存在的同證。

以上所述便是自我通過愛的直接拓展與證明。那麼所謂間接的拓展與證明又是怎麼一回事呢？那就是自我並不在實存的情境中直接用溝通的行動去愛所遇見的人，而是自顧自地去做一件對別人有益的事（如發明器物、盡責施政等），於是與這件事相關的人便因我而受益了。如果他因此而幸福愉悅，我也將分享他的愉悅；如果他因此心懷感謝，我也將感到光榮。雖然我與這些因我受益的人並無直接的關連，甚至也不認識，我也可以預知乃至實知有人因此而受益，於是在我的心上也就有一種屬於愛或道德上的欣慰，以及一種「我是有用的」、「我並沒有白活」的自我證明了！

當然在上述這段話也可以再分析出若干要點來：其一是自覺地心存造福他人之念，才算愛的拓展，否則便只是才情揮灑，也難免任性越分，結果是造福抑惹禍難定，也就不算自我拓展了。其二是真有人因我受益，或有合理證明必將有人受益，我們才能有原則上的欣慰，以及我心將與不確定的他心相關連的確信，而且有自我存在的實感。

假我不能有真愛的幾點印證

最近，中外社會連續發生了好幾件有關情色的新聞，正都可以印證我們的道理：真我假我之辨就看其中有沒有愛。或者以愛與性對照地說，就是：真我的人我關係必基於愛，假我則常只是自我中心的情慾發洩罷了！

這幾件新聞從時間距離最近的往前推，第一件就是高爾夫球名將老虎伍茲的婚外情了。據說與他有過關係的女子正一個個排隊跟媒體談爆料的價碼，目前已知的緋聞女角已有三位。當然他多金名人的身分是遭受出賣的重要誘因，但其間關係的有性無情恐怕才是關鍵。其中尤以第二號女郎最足為代表，她不像第一號還低調保留了好一陣子才決定開記者會（結果臨時喊卡，據推測是拿了封口費），而是直接就把故事賣給媒體了。而所爆內容也毫無情致，如說伍茲與她第二次見面就要求上床，而且事畢就請她離去，說無法和她同床而眠。此言若屬實，則跟召妓有何不同？甚至還更不如，因為有侮辱的成分。則難怪對方也會無情地出賣他了！

我向來不以形式上的出軌（即一般所謂婚外情）來論斷人品的高下，還是要看人是否有情？情夠不夠真？遇到考驗能不能坦誠以對？若伍茲，恐怕只比NBA球星布萊恩性侵啦啦隊員略勝一籌罷了！

之前的另一新聞則是愛爾蘭政府公布三十年來天主教會神職人員性侵少年（大多實屬「戀童癖」）的調查報告。天主教會領袖樞機主教為此公開道歉，稱此為教會的羞恥云云。其實在歐洲這已經不是第一樁，這顯示出天主教會不能與時俱進，針對已進入開放社會的新時代作必要的改革（例如教宗對神父比照牧師可以結婚的建議一再否決）。原來開放的核心要義就是生命性情的解放，也就是要從他律道德（近於剛性的法律）逐漸過渡到自律道德，此則需要有自覺的心靈、健康的生命、真誠的感情、無私的愛，才足以在人我相處的具體情境中拿捏分際，準確抉擇，使喜怒哀樂發而皆中節，以獲致人我互動的和諧。換言之，**自我概念不能止於結構性的角色扮演，而須進展到在歷程中自我成長**。這在以愛人為職責的神職人員尤屬必要。否則只會逼使苦悶的修道者自我壓抑而無法真正地愛人罷了！

再往前推，就是壹傳媒的動新聞事件了！將情色暴力新聞以動漫畫再製作呈現，雖然因社會大眾的聲討而暫時遏止，我卻對它的必然俟機再起深感憂心。其實除了媒體忘卻他的道德責任而完全自居為商業機構應予譴責之外，其實問題核心還在為什麼有這麼多的人想去看、會去看這樣羶色腥媒材？（這不禁又使我想起多年前的璩美鳳光碟事件。）**過度的偷窺慾其實反映出感情的極度空虛苦悶，以致於飢不擇食，而忘記尊重別人的隱私，更麻木於別人受辱的苦痛了！**這不正深切印證假我無能有真愛的道理嗎？

往前再推，自然就是吳育昇緋聞事件。限於篇幅，就不論了，就請讀者依同理自行分析、判斷高下罷！

自由與合理的內在統一

對社會上發生得愈益頻繁的感情事件，我真是感觸良多，思考愈深。雖然我早知所有感情問題本質上都是自我問題，我還是因著近來社會矚目的感情事件（從吳育昇到伍茲）而有了一些新的思考結論與詮釋方式，也願在此與讀者分享。以下就嘗試以一連串的命題來展開：

首先，我們不妨從這樣一個肯定命題論起：**生命自我的本體是感情而不是理智**。真的，理智只管分析資料，本質上屬參謀作業，**作決策的還是首腦，而首腦作決策時的最後依據則往往是感情而非分析數據**。

例如有人將理想的情人條件羅列了一大堆，結果碰到一個看對眼的就選他了，之前的條件早拋到九霄雲外。

第二個命題是：**感情的本質需求是自由舒暢**。的確，生命是一不止息的流動，感情當然也不能堵塞停滯，否則便會感到苦悶壓抑，到受不了的時候，情緒就會自尋出路。為什麼聲色場所總有那麼多的人流連，而社會上不倫之戀總不斷發生？**一言以蔽之，感情封閉壓抑苦悶難挨罷了！**我們由此知**沒有人是不愛自由的，自由就是生命主體的核心本質**，所以匈牙利詩人才說「生命誠可貴，愛情價更高，若為自由故，兩者皆可拋」啊！

第三個命題是：**感情能否舒暢，卻取決於感情的流向是正而非邪，是合理而非盲動。**這於是在自由之外，導入另一個與自由密切相關的概念，就是合理。**原來在人間只有合理的自由，而無絕對的自由或空蕩蕩的自由。**但什麼叫合理的自由呢？這合的是誰的理呢？或說合理的標準在那兒呢？這於是需要第四個命題。

第四個命題是：**合理的標準在內而不在外。**原來所謂合理，並不是遵守外在社會規範、知識法則的意思；因為那樣適足以束縛人的自由。因此，若目的是為了實現感情的自由舒暢，則只有回過頭來從如何才能讓感情舒暢去找答案。

這首先要釐清何謂感情的流向與舒暢？也就是說，感情要流到那裏去以實現其舒暢？答案是：感情一定要流到他人的心中、生命中與之引起共鳴、合為一體。於是能流進去（被對方打開心門欣然接納）就舒暢快樂，流不進去（被對方疑懼拒絕閉門不納）就苦悶堵塞。可見所謂合理不是符合客觀模式的意思，乃是在生命相遇時斟酌權衡拿捏到可讓生命相通的接合點、對口處的意思，這即謂為中道。這中道接合點的認定當然是由主觀感情來負責的，所以稱為標準在內。亦即所謂「黑貓白貓，能抓老鼠就是好貓」，同樣「有禮無禮，能把感情傳過去就是好禮。」

最後，所謂內在標準，其核心便是感情動機的真誠純淨無私。原來對方為什麼會疑懼拒絕？無非是感應到你的自私罷了！對方為什麼會欣然打開心門？也無非是相信你用心真誠罷了！於是自由與合理、生命與道德、自我與愛，便得到內在的統一。原來感情生活的失敗，究極來說，只因不夠忠於自我罷了！而救治之方無他，也不過就是找回已迷失的自我而恢復自我的真誠無私罷了！

通過孟子學來理解自我

前文曾對生命感情的本質是什麼作了一串簡要的展開。其間所使用的語言雖然是現代與通俗的，但義理的內涵其實和孟子完全一致。對「自我」（充分地說更應稱為「道德自我」）最早有充分體證的人應屬孔子，但對之最早作出理論說明的人則是孟子。我們談自我是什麼這個論題，雖然盡量使用自然語言，不離感性經驗；但早晚也得碰觸到抽象概念、學術理論，才能執簡御繁，不致囿於表相。

我當然明白學術理論是艱澀的，不適合在這裏詳談，所以我才先用經驗事例作引子，再用通俗語言整理出生命感情的簡要法則，然後才過渡到孟子。希望能幫助讀者比較容易明白生命自我的核心要義。

當然，我們要引介的孟子原文或者基本概念也不多，歸結起來，其實也只有兩對基本概念罷了！所以讀者只要稍為有點兒耐心，理解也並不困難。

第一對概念先用現代的學術語言來表示，不妨稱為「主體性」和「道德性」。用孟子自己的用語，就是「心」和「性」。心也可以別稱為良心、良知、本心，性也可以別稱為義、仁義、仁義禮智。最後再用自然語言來解釋，心或主體性就是自我的意思；這個自我若依上一文的說法，當然是指以感情為本體的自我。性或道德性就是合理、正確的途徑或意義、價值的呈現的意思；依上一文所說，就是指感情的流向正而不邪、合理而可通。

那麼，心與性或主體性與道德性兩者有何關係呢？孟子認為，性（道德性、意義價值之呈現）是完全由良心自由、主動、創造地發展出來的。孟子稱之為「義內」，即「仁義內在」或「價值根源在內」的意思。孟子對這點要義表達得最扼要的一句話就是：「盡其心者，知其性也；知其性則知天矣。」翻成現代語言就是：「人如果能充分發揮心靈的創造力，就能將人性本有的愛人意願與人我合一的理想實現出來；而通過這樣的自我實現，人才能體悟什麼叫普遍永恒的意義與價值。」

這意思就如前一文所說：生命的本體是感情，感情的本質要求是自由舒暢（以上屬主體性，以下所說則屬道德性），但自由舒暢卻取決於感情流向的合理，而流向是否合理其標準卻仍要回到感情事實上是否能無阻礙地流進他人生命以實現人我合一來檢驗，而這樣在事實上憑真誠無私的心去權衡進退、揣摩分際的行動就是一種創造，乃因這完全不能靠外在的道德規範、行為模式，而只能靠一心的真誠專注才能辦到之故。

由於道德性全從主體性創造地發展出來，而實屬人性內在的理想與意願的落實實現，所以這樣的道德性就特稱為「**內在道德性**」，而與源自於超越的上帝誡命或客觀的物理知識的道德規範（可稱為「外在道德性」）不同。而且這內在道德性既然是直接從主體性自我實現而呈現，所以實與主體性為一體的兩面（即自由與合理），而可以合稱為「**道德主體性**」或「**道德自我**」。

至於孟子學的另一對基本概念，容下回再介紹。

自我實現的關鍵要素就是創造

孟子有關生命自我的理論，建立在兩對基本概念之上，除了上次介紹過的「主體性」與「道德性」（合起來就稱為「道德主體性」），另外一對基本概念就是**「無限性」**和**「有限性」**。

當然，「無限性」和「有限性」仍然是現代的詞語，還原回孟子的用語，**「無限性」指的也是人的心**（「主體性」指的也是心，所以可說心是一具有無限性的主體」，**「有限性」則是指人的身體形軀**，或就身體的各種感官而言而稱為「耳目口鼻之官」；就此而言，心也就相對地稱為「心官」。

在此我們須先有一點釐清：相對於耳目口鼻的感官知覺是屬於末梢神經的作用，我們很容易誤以為心官相對的應該就是屬中樞神經的大腦。但這是一種誤解，**孟子（乃至於整個儒道兩家）所說的心並不是大腦（大腦仍屬身體的一部分），而就是心。**心不是身體器官的一部分，所以在解剖學上找不到，也無法用知識來界定，而只能直指它的本質為「無限性」，以與身體、耳目口鼻之官的有限性（具有一定規格、表現出一定的功能如聽、視）相對。

那麼無限性的意義內容或功能到底是什麼呢？簡單說就是自由與創造，孟子總稱之為「思」，而說「心之官則思」（心的功能就是自由與創造）。自由地創造什麼？就是生命存在的意義與價值。依前文說價值根源在內，所有道德性都是由主體性自由、主動、創造地發展出來（即所謂「義內」），我們至此可以說主體性所以能發展出道德性來，正是因主體性的心內在地具有無限性之故。所以孟子才在「心之官則思」之後，接著說「思則得之，不思則不得也」。（心一創造就獲得價值的實現，反之，如果心不表現它的創造本能，人生價值是無從獲致的。）

但心是如何進行自由創造的呢？卻必然是落入有限性的形軀活動之中去進行的。就如同我們心中有愛想要表達，一定得通過身體感官的活動，才能傳達給別人得知。這於是立刻就有心中的愛事實上是否能有效傳達的問題。也立刻關連到主體性雖理論上都能發展出道德性，但事實上卻是有人發展得出來（於是就成為聖賢君子），有人卻發展不出來（於是就成為小人鄉愿）的問題。這原因在那裏呢？為了讓人明白人的道德生活為什麼有成有敗，於是需要利用「無限性」、「有限性」這一對基本概念來說明。

原來當無限性遇到有限性（也就是心入物中或落入形軀之中），立刻就出現無限性是否會被有限性所限的問題（所謂心有餘而力不足）。如果被限制，就表示主體性想發展出道德性的願望失敗，或愛傳不出去。如果不但沒有被限制，反而能善用這有限性為橋樑通道，以充分表現自我，那就表示主體性成功發展出道德性來，也就是所謂自我實現。而成敗關鍵無他，全在主體性能否充分發揮他無限性的本能——思（或說創造）罷了！

因為心具有如此主宰或主導身體的功能，所以孟子乃稱心官為大體，耳目口鼻為小體。

當心靈作主就是真我

我們在前兩文介紹了孟子學的兩組基本概念：主體性與道德性、無限性與有限性。這對我們認識自我、把握自我、修養自我有什麼幫助呢？它首先幫助我們對自我有一個全盤的、整體性的認識，而不是順著當下的情緒，以為眼前這個模樣就是我。例如當情緒愉悅時以為自己就是個快樂的人；但一旦情緒變得沮喪低落，就以為人生無望，簡直不想活了。

但如果我們熟知孟子的人性學理論，就知道這不過是耳目口鼻之官的小體反應或感受，它本質既屬有限性，就表示它是被一定條件所限制（例如眼睛視覺的舒服與否就被光線顏色的不同刺激所決定），而不是自由自主的。孟子就稱這種被外在條件決定的狀態為「耳目之官不思，而蔽於物」，既然被物（外在條件）所決定，自然就會逐漸被一再反覆出現的刺激反應所制約而形成行為模式、言語模式乃至思維模式（佛家稱為身、口、意業），使感官也會習慣性地渴求模式化的刺激與滿足，這在孟子就稱為「物交物則引之而已矣」（外在條件與感官的行為模式互相增強），也就是佛家所謂「熏習」。於是當外在條件果然能滿足我們的感官渴求（眼觀美色、耳聽好音、口啖美食……），我們就快樂似神仙（我吃故我在），但這其實是靠不住的，外在條件一旦匱乏不能滿足感官的渴求，人就受到打擊而產生失落、失望的負面情緒了！由此可知，**向外追求感官刺激的滿足並不足以支撐自我的存在，因為其滿足或存在感是暫時性而不是永恒性的**。這種恍然若真實則無常的自我存在感，就被歸為「假我」的領域。人應該有此感官追求原來並不真實的覺悟，然後引動何謂真我或永恒性的滿足的思維與探討才是。

那麼什麼才是真我呢？依孟子的理論，當然心才是自我的核心主體，心的創造性功能（思）充分發揮以創造出生命存在的意義感才是永恒性的滿足與真實的自我存在感。這就是所謂「主體性自覺、主動、創造地發展出道德性來」。

當然，主體性的思或者創造，並不是憑空進行，而一定是無限性落入有限性中，以形軀感官的活動為創造的場域、材料以及改造轉化的對象，最終乃以心身合一、靈肉一體、讓心靈的無限性光輝完全透過形軀感官的管道發散出來，也就是化形軀之有限為無限、無價值為有價值這樣的結果為創造的成品。**像這樣變化氣質、自我實現，才是人生最真實的快樂與滿足，也才是最飽滿的自我存在感啊！**這在孟子就稱為「形色天性」（形軀感官就是道德價值的具體呈現）。孟子也因此說：「飽乎仁義，所以不願人之膏粱之味。」（當人在心靈的創造活動中獲得高度滿足，就不會再向外追求美色美味等感官刺激了！）

當然這完全要看人心的創造性能否充分發揮以主導形軀感官。若不能，心就會反過來被感官的渴求所挾持而成為慾望的奴隸。所以孟子才說：「從其大體為大人，從其小體為小人」啊！

無窮的渴求就是假我的表徵

前面我們一直提到「感官的渴求」這個概念，說這就是假我的表徵。但「感官的渴求」到底是什麼意思？其實還需要有更進一步的釐清。

首先，所謂「假我」的「假」，其實有兩重涵義。其一是假借的意思，這是指與心相對的身，是說身體感官是心靈的愛或價值創造所憑藉以傳達、表現的管道。這時身體感官是一個分析性的概念（身是身，不是心），感官欲求也是一種不涉及價值對錯的中性事實（所謂「食色性也」）。科學（生物學、生理學）上所說的身體、感官、欲求大體都是指這一層的涵義。

但「假」除了假借、憑藉之外，還有另一層涵義，就是虛假、虛妄。這時所說的假我或身體感官就不是與心靈相對的中性事實，而是指心身一體的身、有心靈的願望貫注、滲透於其中的感官欲望。於是所謂欲望欲求就不止是飢求食、倦求眠，等吃飽睡夠就不會再求；而是利用求食、求眠這生理欲求的機會，同時表現心靈的活動，以滿足心靈的價值性欲求，如飲食時色香味的美感滿足、在高檔餐廳用餐的身份地位滿足、與好友共餐的情意交流滿足等等，不妨總稱為「**自我實現的滿足**」。

於是，不問是否吃飽，而僅就「自我實現的欲求」是否獲得滿足而言，就有「**心通過身體感官而獲致充分的自我實現**」的滿足狀態，與「**心誤認感官欲求為自我實現欲求，以致有限的飢渴欲求已滿足而無限的價值欲求仍在，遂導致雖然吃飽卻仍然繼續求食的心理飢渴發生**」的不滿足狀態之別。前者是心身一貫一體（小體從大體）的正常狀態，就稱為真我。後者是心身破裂、心為身所誤導、限制、囚禁的不正常狀態（大體從小體），就稱為假我。連帶假我的飢渴之感也就常常不是表示身體的需求而實為心靈的價值需求不得滿足了！這時若還以為只是感官的需求而順著去飲食，就稱為「感官的渴求」而實為一種假需求。由此推論，人在社會上**不斷地求名求利、追逐權位，都是一種永遠不會獲得真實滿足的假需求。**

而全靠種種外在條件支撐的自我形象，因之也就全屬假我了。

而所以說這都是假我，其具體的表徵，也不過就是對與身體感官欲求相應的種種外在條件，起一種無休止的渴望追求罷了！

通過這樣的分析，我們也許才能恍然明白人為什麼明明已吃飽吃撐了，還要繼續吃，原來他是想無限地吃以證明無限的我的存在啊！（但這又怎麼可能實現呢？）聽說女人衣櫥永遠缺一件新衣，為什麼衣服、鞋子、包包已多到永遠用不完了卻還要買（據說菲律賓前第一夫人伊美黛有四千雙鞋子）？大富豪的錢已多到八輩子都花不完為什麼還要繼續賺？為什麼政客們不管怎樣位高權重還要再繼續還再往上爬？乃至，已爬到富貴頂峰的帝王，為什麼還不滿足而要去求不死藥？原來是身體的死亡大限讓他的無限欲求在此被徹底否定了！但到這時才覺悟他的自我是假我，由此發出的一切追求都是假追求，不是太晚了嗎？

物慾、權力慾與情慾

如果把身心一體的真我和身心矛盾的假我連到感情來說，那麼真我的表現方式就是愛，假我的表現方式就是欲（若順當前的用字習慣就是慾）。

愛是一種什麼樣的力量呢？簡言之就是連通人我的力量，這會使自我的範圍逐漸擴大，因為有愈來愈多的人因著我的愛而進入我心中與我為一體。那麼慾又是一種什麼樣的力量呢？**簡言之就是征服外在的人事物的力量，**這也會使自我的領域逐漸擴大，因為也有愈來愈多的人事物被納入到我的名下，為我所擁有。

但前者才是自我的真實擴大，後者則只是自我擴大的假相。乃因以愛來連通人我，是彼此都樂意的；因為這並沒有違背雙方的自由意志，也就是並沒有誰的自我被壓抑被否定。其次，因著愛，不止是我的自我範圍真實擴大了，就連被我愛的對方，他的自我也同時獲得擴大；因為被真實愛到的人（是被愛之以德而不是被姑息），也一定會因著被尊重被珍惜而點燃了自己的愛，並且以愛回報。這就是所謂「愛人者人恒愛之」，而事實上發展為一種互愛。**所以真實的愛不是片面的我愛你，而一定會形成互為主體的相愛**，而使得雙方的自我範圍都擴大了，也可以說會形成彼此生命的互相進入而終合為一體。

而慾卻和愛本質相反，**它所造成的自我領域的擴大，卻是以壓抑、否定、消滅對方的主體為代價來形成的**。所以我們才稱它為征服的力量，而且也不稱之為自我範圍的擴大而稱之為自我領域的擴大。即因所謂領域就是一個權力的概念，被納入到我名下的都是屬於我所有的財產，而不再是獨立自存的事物，更不是一個有人格的主體。因此，有誰願意成為別人的附屬品呢？只是在權力宰制下暫時不得已的委屈妥協罷了！只要等到機會，都會想辦法逃離這宰制的。因此，**這因權力宰制征服佔有而形成的自我領域擴大，本質上就是靠不住的，或者乾脆說就是假的**；乃因到被征服者等到機會而叛離之時，這自我擴大的版圖也就崩解了！

當我們這樣說時，讀者一定會聯想到歷史上的獨裁者。其實不止在政治上如此，即便在家庭中也有許多威權獨裁的情況，在男尊女卑的時代不多半都是如此嗎？

當然所謂慾還不止如此，只要人心不能自覺地發出光、熱、愛去溫暖他人，就一定會反過來變成無限吸取外在資源來支撐自我存在的黑洞。換言之，**人如果不能成為一個愛的主體，就無可避免會成為慾望主體**，所以才說「不為聖賢，便為禽獸」。

至於所謂慾或慾望，雖然非常複雜，主要的也不過三類，就是物慾、權力慾與情慾。物慾泛指一切外在物質性資源的囤積與消費慾求，也不妨就約化為對金錢的慾望。權力慾泛指對一切人事物的掌控慾望。一般來說，女性多傾於物慾，男性多傾於權力慾。至於情慾，則是針對人而又牽連於事物的一種最複雜幽深的慾望，也是與我們所探討的自我主題關係最密切的慾望。

情慾是假我的極致形態

上文提到真我假我之辨就看人的自我本質上是愛的主體還是慾望主體。而不幸世人多半向外追求自我的肯定，遂不免多是慾望主體。而外逐的慾望大體有三，就是物慾、權力慾和情慾。

前兩者其實密切關連於人的求生慾望，就是羅斯福總統標舉的四大自由的前兩項：免於匱乏（吃的、穿的、用的等等民生基本物資不虞匱乏）與免於恐懼（要活在一個安全的環境，生命可以得到存活的保障）的自由。也就是馬斯洛「需求層級理論」的最初兩層：生存的需求與安全感的需求。這兩者可以合稱為基本人權，也就是生存權，這當然是毫無例外人人都要有的生存條件。

如果僅止於求生存，這何止是無可厚非，根本就是人生正大光明的追求。但如果已經吃飽穿暖了，已經活在一個文明的社會有公權力的保護了，卻還是順著這兩項需求無限向外追逐，那就由生理上合理的求生慾望變質為心理上渴求自我證明的假慾望了。**此所以為假，就在他追求到手的物資，目的並不在消費以維生，而在佔有以炫耀**，如豪奢的飲食並不在填飽肚子而是意在「我吃得起」，就更不必說台灣近來的豪宅風（瘋？）了！

然後，由實的消費（因肚子餓而吃）轉為虛的消費（因心理滿足而消費），進一步就會由消費物轉為屯積物、控制物，亦即**並不真去消費享用物資而只是擁有一種消費享用的可能**（據說許多豪宅都沒人住，或者都只有外傭在住），於是**物慾也就升級為權力慾了！**乃因事實上既已吃飽，再用吃來炫耀自我其實是划不來的，因為會吃撐會吃出許多病痛。遂不如逕用可能性的掌控來炫耀自我來得更為切要。換言之，**藉物慾來填自我的黑洞，還是假我的初級形態；藉權力慾來自我膨脹，才是假我的進級形態。**所以一般小民、女性，多耽溺於感官之慾，梟雄們玩的可是呼風喚雨的金錢與權力啊！

至於情慾，則是假我的極致形態。在這裏，假我一方面是向外追求到盡頭了，那就是求愛；但另一方面卻弔詭地迂迴到自己身上，那就是凸顯出自我的空虛、黑暗、飢渴。

所謂追求到盡頭，就是指所有對物的控制、佔有，最後都不如控制人來得更難也更有成就感，所以小民消費物，富豪控制資源，獨裁者則控制人民。但在所有對人的宰制中，最難也最有成就感的就是宰制情人，乃因你不能用剛性的權力、威嚇去控制，因為情人不吃這一套，你只能用柔性的寵愛，取悅，縱容來留住她。所以才有周幽王舉烽火以悅褒姒，唐明皇大封外戚以悅楊貴妃等等事例。

但也就在這裏，讓連雄霸天下的梟雄都不免察覺權力的盡頭其實是空虛的事實，而真能補此空虛的原來還是人與人間的情愛。我們由此知為什麼許多叱吒風雲的人最後會折損在一個小女子手上。而所以仍不免折損，則因為情愛是不能用控制、佔有、征服的手段去獲得的，而他們忸於故習，遂不但得不到真愛，反而暴露出他生命內部的黑暗荒涼，而證明了他的生命原來正是假我的極致形態。

第　2　輯

生命真假的複雜難辨

生命真假的複雜難辨

情慾的主體（乃至所有的慾望主體）為什麼一定是假我而不可能是真我呢？難道真的沒有樂在其中、至死無悔的情場浪子？如西方文學的傳奇人物唐璜（即歌劇中的唐喬凡尼），不也一直為人所艷稱嗎？

在這裏我們不能用疑似的表相來作判斷的標準，仍當直從人性的根本義理，或人心的真實感受去釐清真假的分際。否則何止唐璜？連我們紅樓夢裏的賈寶玉都難免情癡淫魔之譏哩！但他們卻是深受歡迎喜愛的文學主角——其實莫小看芸芸讀者，也莫用小說是虛構不實的創作來推託。小說**可是事假情真，而能得到讀者大眾的喜愛也必有其內在的道理。**

這其中的原委，我們且簡單說，乃是在真我與真愛（其共同的本質即是自由）被以安全為重的威權社會所普遍壓抑的時代，自我與愛都只能以反抗（或超越）社會的叛逆姿態出現，遂形成它駁雜矛盾的面貌，而不免有意氣激昂、慾望爆發的成分。但它是純然的肉慾橫流還是慾望的下面隱藏著人性的苦悶與真實？可是要仔細分辨的。其實隨順主流體制尤其是在**其中掌握資源權力的人，才是肉慾橫流、腐敗墮落的多，常不如叛逆者反而比較有多一些的真情成分。**

於是我們立刻可以領悟到為什麼市井小民、普羅大眾偏愛看通俗小說；而通俗作品中所呈現的，又是一個與正統主流社會如何不同的另一個世界。不管是中國傳統的三國、水滸、白蛇、紅樓，現代的金庸、瓊瑤，三毛、九把刀，還是西方的羅賓漢、紅花俠、唐璜、卡門，**不都是在展現人性中被壓抑的真情真我嗎？**雖則從表相看來，主角們多是叛逆土匪、妖怪情癡、浪子蕩婦等等社會邊緣的人物。

而相對的，站在社會主流這一邊的人，掌握資源權力的富貴人士容易變質為虛假腐敗的慾望主體就不用說了！其實就是掌握話語權的學者先生、負教化責任的老師賢達，乃至家庭中的一家之長，總之是只要納入體制，為生存、安全、名譽、地位的保障而聽命於體制的運作，而至於不免逐漸犧牲自由、出賣自我的人，都是會在不知不覺中逐漸流失本心，而轉以認同外在條件、追求社會資源來支撐自我、包裝自我、改造自我，以至逐漸道貌岸然而語言乏味。而自我遂由忠於本心、自我實現轉為內心空洞，只能不斷渴求的慾望之壑。

在以上的敘述中，「社會化」與「自我出賣」當然是自我由真變假的主要因素，但其中關鍵仍在後者而非前者。也就是說：納入體制、認同社會價值與保有自我的良心並非必然矛盾，而是看人在兩者之間，能否找到一個兼顧兩全的平衡點。在此最極致的形態就是當心靈的自覺程度達到最高，便能超越一切外在限制而無入不自得。其次是至少知道在社會適時進退以先期避免自我捲入異化的漩渦（如所謂「隱士」）。再其次便是為維護自我的真情而不惜與體制磨擦乃至悲壯對決，雖不免也激起另一種激情慾望，其生命底層仍會透出感人的力量，而令人悲憫同情，而不失其真。

是的，生命的或真或假，本來就是如此複雜難辨。

真我無論如何都在

我們一般都會說人性複雜，又說人心難測；似乎已把這樣的現象視為理所當然，甚至據此乾脆說人心險惡，而直認定人性為惡了！卻沒有認真深究人心人性為什麼這麼複雜難測。

其實**人性之複雜，完全不是指生命結構的繁複精細**（生物學的各種生命機制再複雜精妙，都仍是有一定的機制而可以理解與估量），而**是指自我存在或真或假的飄忽無憑**。正因無機制可遵循，無公式可套用，是真是假常在一念之間，所以才難測，也才稱為「無常」。所以，要了解人性、解釋人性，也不能單靠生物學，而要靠更深一層的人性學才行。

這就是我們前面曾介紹的孟子義理，尤其是他最重要的兩組基本概念：心與性（主體性與道德性）、大體與小體（無限性與有限性），也就是指心官和耳目口鼻之官。

根據這兩組基本概念，我們可以確認所謂真我，就是以心官大體為主（主體性），去主動善用他的形軀感官，以之為通道、為憑藉以自我實現（心超越形軀的限制而與形軀合為一體，也就是成功地轉化形軀之有限為意義之無限）。

相反的，所謂假我，就是心忘了他自己本質上就是無限就是主體，而向外物（包括形軀）追求意義（大體從小體），遂致為有限性所限而不得自我實現。這一方面構成心靈自我的苦悶（因自我實現的本性本願受阻），一方面則構成對所追求的種種外物（包括形軀與感官之慾）的矛盾心情（又追求又懷疑、又愛又恨）。而這苦悶與矛盾遂成為假我最主要的症狀或標誌。（當然推而廣之，更有耽憂、恐懼、懷疑、怨恨、倦怠、煩惱、傷痛、沉重感、罪惡感等等。）

我們若進一步問：為什麼會有這些苦悶與矛盾之感呢？苦悶與矛盾又代表怎樣的意思呢？**原來它最核心的要義就是表示了心靈不死**（它只是受傷生病）、**真我永在**（它只是遮蔽隱藏）。換言之，不管心靈（真我）怎樣因不思而昏昧、因誤認外物為我而變假、因受傷深重而愈益自我懷疑，自我否定，心靈都是在的，**因為那昏昧者、懷疑者、否定者、苦悶者仍是心靈自己**。

對於這無論如何都在的自我，即稱為「自由」（自我走路）或「自在」（自我存在）。這意思就是說：**人無論如何都是自由的，連人之不自由，都是因人心基於自由意志而選擇**了不自由所致。至於人為什麼會選擇不自由？歸根到柢只能說這就是自由意志之所以為自由意志之所在。換言之，**自由是一個弔詭的概念，即依於自由的本義，人甚至可以選擇放棄自由、否定自我**，（否則怎算徹底的自由？）但這時一個矛盾出現了：這時的自我算是自由的還是不自由的呢？根據他所選擇的，他應該算不自由；但即使如此，還是基於他的自由意志而作的選擇，所以他仍是自由的。這於是構成人的矛盾，且由此作繭自縛使自我不得實現，而導致人心的苦悶。

原來苦悶與矛盾雖不是自我實現的充分表徵，卻仍是自我無論如何都不可能不在的訊息啊！這才是人性複雜難測的根本原因所在！

亞當到底為何吃禁果？

關於自我的複雜弔詭，不止可以藉孟子的人性學理論來解釋，其實各大宗教也都有異曲同工的說法。乃因宗教的功能本來就是在幫助人安頓身心的困惑，解決存在的疑難，所以都總會各有一套有關人性真假善惡的說法。即使他使用的是宗教語言，也可以從其中演繹出相應的人性理論來。

例如基督教聖經創世紀所記載的亞當吃禁果的故事，就完全可以拿來和孟子的理論相印證。

首先，當上帝明告亞當不可吃禁果之後，亞當為什麼還要冒著違背上帝誡命的風險去吃禁果？我們若大膽跳出宗教信仰的框框去就人性內涵試加分析，則不妨說上帝正在測試亞當有沒有把上帝賦予人的神性（也就是自由意志）給呈現出來。原來創世紀說上帝按照自己的形象造人，但上帝純靈是沒有形象的，所以這話應視同隱喻，意指上帝所具有的神性，亦即自由意志。也就是說，上帝在造人的時候，給了人一個特殊的禮物，就是自由意志。

上帝既給了人自由意志，當然要看看亞當是不是真的有表現出自由意志來，於是用不可吃禁果的誡命來測試。我們不妨這樣假設：如果亞當果然誠惶誠恐地遵守誡命，絕不去吃禁果，上帝也許會失望罷！但亞當吃了，上帝反而會覺得欣慰，覺得孺子可教！

但就在亞當為證明自己具有自由意志而違反上帝誡命的時候，他的自我也破裂了！乃因神性（當其內在於人，也就是人性）有兩面，就是主體性（主自由）與道德性（主合理，即可用上帝的誡命來表示）。現在亞當為了凸顯主體性而違背道德性，遂構成自我的矛盾與分裂，也因此失去了生命的統整，這就用被逐出樂園（和諧的意象）來象徵。

在這裏便也可以凸顯出自由的弔詭性，就是基於自由意志，人甚至是可以選擇自我背叛、自我否定的。**何謂自我背叛、自我否定？就可以用「以自我的主體性這一端，否定道德性那一端」來界定，也就是亞當因吃**

禁果被逐出樂園的喻意所在。

那麼這個人性的破裂要如何重新統合呢？途逕無他，就是人秉其自由意志，重新選擇合理，以使得人性即自由即合理，也就是主體性與道德重新合一為「道德主體性」罷了！這在創世紀，就是人要自願地信仰上帝，重新修補與上帝的和諧關係，以期回歸樂園。當然，為了證明人的選擇回歸樂園，的確是來自人的自由意志，上帝會加諸種種嚴苛的試鍊；每一次都好像在問：你真的願回歸樂園嗎？而人無論遇到多麼嚴苛的試鍊，都依然堅定地說：是！然後在最後審判時才真的能重回樂園，恢復人性的和諧統整。

這一次次的試鍊，用孟子義理說，就是無限性的心當落入有限性的身或外物時，能否秉持心的本性本願以行（即所謂「思」），以不但超越有限性的限制，更與之合為一體（身心一體、心物一體）。這時才算是實現了主體性自覺地發展出道德性來這一本性本願，而與回歸樂園的意象充分印證。

佛教又是怎樣解釋自我的？

關於宗教領域的人性理論，除了基督教的亞當吃禁果故事，佛教的心性看法也一樣可以和孟子的理論相印證。

佛教，尤其是傳到中國後得到充分發展的真常系佛教，其核心要義就是真常心（主體性）的肯定。佛教的真常心（包括禪宗的自性、華嚴宗的真如、天台宗的一念無明法性心）雖然和孟子的道德主體性有些差異，但僅就主自由的主體性而言則是一樣的，它們也同樣具有覺或不覺（思或不思）的兩面相。這在佛教來說，就是〈大乘起信論〉所謂「一心開二門」。也就是當心覺的時候開真如門，這時看到的是真實清淨的佛世界或華嚴世界；但當心不覺，就開生滅門，這時看到的就是虛妄染污的無常世界。

當然在這裏無常世界可以分化為兩層涵義，就是中性的物理世界（相當孟子的形軀、小體、耳目口鼻之官）與經過心因不覺而執著誤認為我為意義價值之所在的虛妄世界（相當孟子所謂「從其小體為小人」）。若是前者，則一心所開的二門就可以都是覺心所開，只是同時以佛眼看見意義世界又同時以肉眼看見現象世界，而兩世界弔詭地相即為一罷了！

原來佛教早先是先認人生為染污虛妄，其源則來自心識的無明執著，這心識就是八識中的第七識「末那」（意為染），由此執著緣起第八識「阿賴耶」（意為藏，即倉庫、記憶體），這由執著而起的染污世界就稱為「阿賴耶緣起」。後來了解到污染或清淨的關鍵不在世界而在心或自我，所以當迷執的識心轉為明覺的智心（即所謂「轉識成智」），這領屬於人心的世界也就由虛妄的苦業世界轉為真實的意義世界了！（即孟子所謂「從其大者為大人」或「思則得之」。）這由真心觀照所成的世界就稱為「如來藏緣起」。

以上有關人生命存在狀態的分析或轉變，完全就是孟子義理中無限性的心落入有限性的身或物之中，是否會為有限性所限的問題。當心不思

73

佛教又是怎樣解釋自我的？

（不覺），就為物所蔽而成為假我，當心思（覺），就能化物之有限為無限而成為心物一體、身心一體的真我。至於這個由真我所領屬的世界，在孟子與儒家，稱為意義世界、道德世界或人文禮樂世界，佛教則不強調其道德意義而僅稱為清淨世界、華嚴世界罷了！因此佛教的心也只是具有止息虛妄、觀照清淨功能的真如心而非具有創造人生存在意義的道德心或道德主體性。

佛教這種視心之覺與不覺而呈現人生或自我的兩可弔詭性的表示，還有所謂「心迷法華轉，心悟轉法華」（當心不覺，就被現實世界的諸般條件牽著鼻子走；當心覺，立刻就恢復成為我所處的世界的主人）。或所謂「前念迷，後念覺，即佛；前念覺，後念迷，即凡夫。」（當心一覺，生命的存在狀態立刻正向翻轉成為佛，當心迷，生命的存在狀態立刻反向翻轉成為眾生。）總之，都無非是強調心是人生真或假、有意義或沒意義的價值根源。

但人事實上常是忽迷忽悟，而真假駁雜糾纏的，人生或自我的存在狀態也因此而不免顯其無窮複雜與弔詭了！

超我、自我和本我

介紹過基督教和佛教的自我觀或人性觀，我們不妨再來看看近代心理學對人性的剖析是如何？

大體上，近代西方心理學所看到的人性，仍是落在佛教所說的「情識」範圍。其中最具代表性的當然是佛洛伊德的超我（superego）、自我（ego）、本我（id）說。

所謂本我，是指潛意識中來自遺傳的自我成分，也可以說是自我歷史經驗（取廣義，包括遺傳與個人經驗）未經意識覺察的部分。所謂超我，則是指來自社會、文化而內化為自我理想、理念的自我部分。所謂自我，就是超我與本我的中介或調節者，一方面接受超我的理念而壓抑本我，一方面也保護本我以免受到超我的傷害。

以上介紹當然極為簡略，不過我們的用意既不在討論佛洛伊德心理學，而在借以印證我們所討論的自我觀，這樣也就夠了。

在佛洛伊德的自我理論中，最值得注意的就是超我與本我的衝突。當本我承受超我的批判與壓抑，就會找尋能逃避超我監察的抒發管道，如化裝、說謊、遺忘、假借名義、做夢等，遂與超我形成官兵捉強盜式的拉扯，有時本我得逞而獲得享樂式的舒暢，有時則超我佔上風而使本我重新納入理性秩序而以罪惡感、良心不安等心理儀式以撫平它的壓抑。而這時自我夾在超我、本我中間，就不免左右為難了，有時要順從超我（因為社會規範、文化理念已內化為自我所認同了）去壓抑自我以維持合理的秩序；有時也要照顧本我（以免它過度被壓抑而成病），或者安撫本我（當它鬧得過火）。除非自我發展得十分成熟，才能維持兩者的平衡；否則兩端之間，此起彼落的衝突循環就反而變成常態，而自我也就無可避免成為兩者相爭的戰場或者矛盾體了！

我們若將這理論和創世紀的神話寓言相比較，本我與超我不就挺像亞當和上帝的關係嗎？而失樂園造成人與上帝（或主體性與道德性）的破裂，不就是自我成為矛盾體的意思嗎？

我們若再將佛洛伊德的理論和佛教唯識學比較，則不論本我與超我，都是阿賴耶識的一部分，只是本我的部分比較接近不善種子，超我的部分則姑且算作阿賴耶識中所蘊藏的善種子罷了！這兩類種子誰會現行（表現到自我表層），則要看各種現實條件。

不過，佛洛伊德的心理學並沒有心靈自覺（孟子所謂「心之官則思」）、轉識成智（心開啟真如門）或自願去修補與上帝的和諧關係（歷種種試煉而信仰心不改）這一層內涵，也就是說他的自我（ego）這部分的內涵或功能還不夠明朗，遂不免在兩端拉扯中成為破裂的矛盾體。但至少他已經指出人的生命或自我的普遍處境，就是在兩難中何以自我統整了！欠的只是解答的充分提供罷了！

而解題之道無他，就是心靈的自覺罷了！不管是信仰心（如基督教）、智慧心（如佛教）還是道德心（如孟子），自覺都是讓心靈的自我統整力量得以發揮的先決條件。

人性是怎樣由真變假的？

介紹過有關人性的各家說法，其實不管是基督教、佛教還是現代的心理學，都同樣指向於人性的複雜，尤其是人性負面的黑暗、邪惡、魔怨，更是真與假的複雜糾纏。換言之，所謂人性的虛假邪妄，並不是完全莫須有的幻相，而根本就是真實人性的一種變質異化的表現。

這也就是說：當人的生命健康或心靈明覺之時，他的人性表現稱為真實善良，當人的生命生病受傷或心靈昏昧之時，他的人性表現稱為虛假邪惡。而生病受傷的生命依然是與健康時相同的生命啊！只是體同用異（本質一樣，但存在的狀況有別）罷了！換言之，惡無體（惡沒有自己的根源或本質），乃是以善為體（惡的根源就是善）。之所以顯為惡，只是善的暫時生病變質異化所致，正如鮮肉腐敗，蛋白質變性，遂生毒素。所以說人性本質都是善的，世上並無真正的惡人，所謂惡人，其實只是病人罷了！只要將病痛治療好，就自然恢復他的善良。這可以說是人性學上最根本、最重要的肯定。孟子說：人之性善。佛說：眾生皆有佛性。甚至基督教也肯定人身上有神性。這些說法在終極根源上可以說是一致的。必須要先有這根源上的肯定，惡的來源與身分才能有準確的說明與定位。

在這裏我們至少要認定惡不是具有真實本質的存在，而只是一種假相，即佛家所謂夢幻泡影、諸法無我。其實基督教的魔鬼，原來也是變節的天使（或說是化裝的天使，亦即是天使暫時現魔鬼相，至於天使為什麼要裝扮成魔鬼？其中自有複雜的義理可說）。於是關於人性的善惡問題，就可以鬆動軟化為真假問題了！乃因善惡的對立性強，不容易消解，真假則可以比較自然地說之為同體的異相或一體的兩面，而比較容易撤除假相，還原為真性真體，正如同一個千面的演員，卸粧後都可以回復他真實的本來面目。

若然，我們便可以就人性的由真變假來說惡的產生，而問：人性是如何由真變假的呢？這則可以分就兩個側面來觀察與說明。

首先，如之前我們曾談過的，乃是由於無限性之心，誤認有限性之身或外物為我，遂成假我，以及假我的種種表現，即強從有限處求無限的渴慾（物慾、權力慾、情慾）。正是這種無望的強求，引發人不能滿足的憂懼、追逐、奔競、鬥爭與自傷傷人，此即所謂惡。卻不知這種種渴慾根本是莫須有的假慾望，其追逐佔有鬥爭的行動也全屬無謂。

至於另一個觀察側面，則是當人每一度誤認強求而不果，即造成人性的一度創傷（失敗、失望、失落），這創傷本質上就是來自人的本性（無限性）的被否定（無限性為有限性所限），遂產生人的自疑、自卑、自暴自棄，同時也必然引發人的自我防衛（逃避、掩飾、辯護、攻擊等等，皆防衛的反應）。於是每一度受傷未癒，留下一項防衛機制，累積生命史上連串的未癒創傷，防衛機制也連成防衛網乃至銅牆鐵壁，將真我包裹其中，人遂只見其防衛假相而不見其善良本性，而不免判其為惡人了！

人根本是活在意義世界之中

既然人性本善？那為什麼會有惡？既然人性本真，那為什麼會有假？這是所有人性學都不能逃避的核心課題。我們前面先就人心的誤認（誤認外在的種種條件為我）與自我防衛（執此有限條件為我，遂與自我之無限本質矛盾，而起恐慌憂疑，而不免力圖維護）來說明人性異化或自我迷失的起源。這大體上仍是依孟子義理的思路展開，但其變質異化的歷程，仍須有更多側面的觀照與說明，才更能有助於吾人的理解。以下即嘗試再從另一角度來展開。

現代西方科學常標榜客觀（價值中立、不涉及個人感情上的好惡），其實只要通過人為的觀察、測度，就沒有絕對的客觀可言（近代物理已肯定此義）。換言之，絕對的客觀僅存於上帝心中，通過人的有限之眼所看到的世界，無論如何都只是客觀存有（Being）的投影，而各人觀看的角度不同，投影當然也互有差異，亦即：主觀是無可避免的。

既然無可避免，我們就不妨乾脆將人的主觀感情與價值判斷正式納入，以完整地考察人的生活世界。換言之，我們真有資格去談論的，其實只是我們自己的生活世界，而不是客觀的大自然（乃因絕對客觀只存於上帝心中）。

而我們的生活世界是一種怎麼樣的世界呢？就是有血有肉、有感情、有悲歡離合、有存在的意義感、價值感、尊嚴感的世界。這世界才是真實存在的世界（可簡稱為「實存」），才是傳統儒家道家乃至佛教禪宗所說的道世界，以現代語言來說，則無妨稱為「意義世界」、「人文世界」。在這世界中，所謂**客觀的大自然只是意義、感情生發的基礎或舞台，意義感情本身的生發才是在舞台上演出的主要戲碼。**所以應該將注意力集中在意義感情要如何生發才會真而不假、善而不惡上面；至於對這舞台、道具的研究（即科學研究），並非不重要（因一切戲碼要藉它呈現），卻只須適可而止（能為人所善用），不必無限追索，以致馳情入幻、本末顛倒、心為物役、作繭自縛。乃因絕對客觀既不可得，人的科學研究活動無可避免有感情價值的成分；而如若此感情價值是不自覺的感情價值活動，便易陷於所追逐的對象（包括科學研究）之中而迷失異化。這就是科學怪人、化身博士的來由。所以，人怎麼可以、怎麼可能不正視感情抒發、價值創造的人性需求呢？

說到這裏，我們乃可以如此肯認：人徹頭徹尾是活在意義世界之中。換言之，人是一種本質上就具有意義需求的存在，人的感情也因此必與其意義感、價值感結合而為一種「道德感情」。也就是說，人的感情不會只是生理感官上的刺激反應，而必然承載著人心的永恆性欲求。必得要滿足這種欲求，人才會覺得快樂、充實、無負此生，否則便早晚會感到空虛、無聊、厭膩。而這種名曰意義感、價值感的永恆性欲求能否獲得滿足，就是人生屬真抑假？顯善抑惡的分界所在。

本文先鋪陳出這新觀點下的大體格局，至於其間的真假善惡之辨，容後文再議。

為什麼一剎那就是永恆？

既然人徹底是活在意義世界之中，那麼所謂意義世界是什麼意思呢？它從何而來？又存在於那裏？

各位讀者對上述問句有沒有似曾相識之感？真的，幾乎每一個人都問過類似的問題：人生的意義在那裏？我們活著所為何來？生命從那裏來？要到那裏去？甚至我兒子五歲時就已經問過我：既然人都會死，那為什麼要活？

其實這所有疑問都指向同一方向，就是問人生要怎樣才能獲得存在的意義感。而所有會發出這疑問的人，都因他當時活得不好，也就是缺乏意義感。因缺乏才追尋或追問，這印證了人都是要求意義的存在，也就是孟子所謂性善的意思。

好，現在把問題繞回來：意義世界在那裏呢？

對這問題，我們可以暫分解為三個側面來說明，就是何謂意義？意義是怎麼發生的？意義保存在那裏？

首先，**所謂意義，就是接通永恆無限的意思**；換言之，凡能通到無限的就有意義，反之無望通到永恆的就沒意義。所以，**意義感就是一種永恆感、不朽感、自由感、絕對感、圓滿感、和諧感、充實感、莊嚴感，總稱為無限感**。

試舉一例，當情人們兩心相印、兩情相悅，發生剎那間的浪漫觸動的時候，會渾忘彼此的差異隔閡，超越形軀的阻礙限制，而體驗到一種自由舒暢、永恆絕對之感。這時情人們甚至會忘情地向全世界高呼我愛你（我愛全世界）。這正是由愛一人（打通彼此阻隔）而通到愛全宇宙（與宇宙通連為一體）。就是孔子所說：「一日克己復禮，天下歸仁焉。」（心靈只要當下打開，就能涵蓋宇宙。）程明道也說：「仁者以天地萬物為一體。」（心靈開放的人是與宇宙通而不隔的。）這就是一種無限感，也就是人最真實的存在意義感。

那麼，這種意義感是如何發生的呢？或說它要如何才能發生呢？這有兩個要件，其一就是人的心要打開，其二就是人心打開的場域必須就在眼前、現在、當下。而兩者合一，就是人心在當下打開，便能超越自我，接通世界，產生自由無限、充實莊嚴的意義感。

我們先說眼前當下，原來人的生命自我，本來就只活在當下、存在於當下（一剎那後尚未發生，一剎那前已成陳跡），因此也只有在當下，人的感情好惡、價值判斷才有真實的觸及對象而產生人我一體、通而不隔的意義感。前說科學活動是價值中立、不涉主觀感情的，正因科學所處理的世界本來就只是歷史陳跡、資訊紀錄（如哈伯望遠鏡自太空傳回大量資訊，科學家就分析這些資訊），而絕不觸及當下實存的人生（因當下無法成為科學觀察的對象）。所以科學無法碰觸到絕對客觀的存有，而只能掌握到存有的投影。原來，反而是藉著人心一種特殊的活動（覺或打開），可以就在當下接通客觀存有或全宇宙，這就是修道者所謂「當下即是」，或情人們在浪漫觸動時所感受到的「一剎那即永恆」。

至於心所以能接通永恆的特殊活動，即所謂打開或覺，就等下文再談。

#《全面啟動》說的也是這個道理

當本書正行文到這階段的時候，台北正上映李奧納多主演的熱門片：《全面啟動》（Inception），正好可以拿來和我講的道理相印證。

前文我們正在談意義感如何發生，說其中有兩個要件，一是人的心要覺或打開，二是人心打開的場域必須就在當下。電影中李奧納多飾演的柯柏與妻子茉兒深深相愛。茉兒陷在這真心相愛的美好情境中不願出來，於是客觀真實的情境變成她主觀的心境，雖真誠卻已不真實；她卻認為這才是真實，外面的世界反而是不真實的，亦即：她是誤用主觀的真誠取代客觀的真實了。柯柏為了促使妻子從這執念中醒來，遂侵入她的潛意識，植入「現實其實是夢境，要在夢境中死掉夢才能醒來回到真實」的意念，而安排她在意念中被火車撞死（亦即為她造如此之夢境）。結果茉兒是醒過來了，卻不料這植入的意念太強固，以致她雖醒來，意念仍在，遂令她繼續認定目前所處的情境是不實的夢境，要死去才能醒來，而執意邀丈夫一同跳樓自殺。柯柏苦勸無效，也不能隨她跳樓，遂從此背負著背叛妻子的愛且害死心愛妻子的良心愧疚。

在此最須釐清的是：所謂真其實有兩層次，一是意念的真誠或不變的真愛，二是現世的真實或變動不居、生生不息的流行。茉兒強調前者卻對現實的無常不安，所以總想逃離現實，長居永恆美好的烏托邦。柯柏強調後者卻也因此較難維持意念的純淨不雜，遂不免為此對純淨的妻子負疚。這南轅北轍的兩端要如何溝通融合呢？

回到我們正在談的論題，就是意念固然要真誠無雜，但真純所依的意念卻只存在於現實，而現實卻是變動無常，雜而不純的。所以不能為保真純而割捨現實，因為皮之不存，毛將焉附；而只能就立基於駁雜無常的現實中，藉著心之常常明覺以化雜為純。亦即：純淨美好不是由天理或烏托邦來保證的（因為它們根本不存在），而只能由覺心來保證（保證即使在駁雜混亂骯髒的現實依然能穿透迷霧見到真純）。而心之覺當然就是在現實的當下世間中覺，而不是在莫須有的形上界覺。此所以佛家說：「佛法在世間，不離世間覺。」孟子也說：「人之有德慧術智，恆存乎疢疾。」**原來心的當下明覺，才是化雜為純的唯一力量。**

於是電影中的柯柏，在呼籲茉兒不要跳樓，否則就永遠醒不過來（因現實是一切意念的存在基礎），卻依然無效之後，只好由他這生者來負起這解題責任。而解題之道，就是自覺地深入到自己的歷史記憶或潛意識中，重建現場，去一方面肯認那永恆的相愛與美好，也一方面解除對自己未能忠於那永恆的罪惡感，而毅然揮別理境中的剎那永恆，回到無常也無保證的現實，去甘心在此現實中作無窮地化雜為純的人道實踐。他因此才真能回家見到他一對真實存在（卻也變化多端）的兒女。原來所謂大覺，不止是覺知孰誠孰偽、孰實孰虛，更須了悟真與實的辯證相即，人只能在無常現實中永恆地化雜為純的人道宿命啊！

89
《全面啟動》說的也是這個道理

心靈之覺的自覺義與創造義

關於何謂心靈的打開或覺，我們已先藉著分析電影《全面啟動》（Inception）談過一些了，但還須有更全面完整的學理性說明。

首先，我們要談的覺當然是針對意義如何發生這個大前提而說的，所以，生理感官知覺的覺（如眼能視物，耳能聽音）就不在此列。其次，所謂意義是指生命在眼前當下發生的存在意義，所以，事後反省歸納的知識性意義（不管是科學知識還是人文知識）就不在此列。

於是，**所謂覺就是指在眼前當下能促使存在意義之發生的關鍵要素、必要行為、本質能力**。換言之，我們必須具備覺的能力，而且在當下事實上有所覺（有將這能力發揮出來），才能使存在意義果然發生（即所謂關鍵要素）。而這能力的真實發揮，就不妨稱為創造，或更精準地稱為「道德創造」，乃因這種創造，不是泛指一切創造（創作文學藝術品、發明新器物、創建新制度、構作新學理……），而是單指當下生命存在意義感的創造。

這種能力從那裏來的呢？答案是人與生俱來的天賦本性、良知良能，就是孟子所謂性善、佛家所謂佛性、覺性。

但這能力既然人人都有，那為什麼大多數人都不能常在當下適時發揮出來呢？（常是事後才醒悟而後悔不迭）根本的原因就在**心雖有覺性卻基於其自由本質之故而可以不覺，遂為外物所蔽，不能及時發揮，此即稱為「昏昧」**。

以上所說便是人性本質（覺性）以及這本質人性的存在處境（昏昧）的簡單表述。針對這兩項要點，於是所謂覺也就相應地具有兩層涵義。

第一層是**讓心靈從昏昧的狀態回到明覺的狀態**，亦即從不能發揮其創造功能回到能發揮，亦即由為物所遮蔽回到物不能蔽的光朗明照。這基本上是一種先把被汙染的心從汙染它的環境中拔出來，並洗滌乾淨，以恢復它本來狀態的工夫修養或努力，這工夫就稱為覺、覺悟、自覺、逆覺、頓悟。這一層工夫當然以道家、佛家最為當行。

第二層則是將這已洗滌乾淨的心再投回到生活場域，去即一一所面臨的際遇而充分發揮心靈的創造力，以創造物我合一、人我合一的和諧感亦即意義感、價值感，亦即前所謂「意義世界」。這當然需要通過一番不斷嘗試揣摩、知過改過、溝通磨合的歷程才能成功的；所以不是更能凸顯出覺相的頓悟猛省，亦即頓教的形態，而是更凸顯歷程的艱難困苦的實踐或漸教的形態，要到功行圓滿，亦即人我合一的境界出現，才會以一種圓滿充實豐美的成效來實證那歷程中始終存在的覺（創造）的力量，這就是所謂「吾道一以貫之」（意義世界是藉著心靈的創造力不斷貫注到所遇的事事物物中而成就的）。這一層工夫則是以儒家為勝場。

當然，這兩種覺雖一超越（拔於物外）一內在（貫於物中），其實是一體的兩面，能超越（洗滌）才能內在（創造），也須落實去創造才讓洗淨的心不致掛空而富有意義，也因此我們才說儒道佛同源一體。

時時覺知我的存在

我們前說心靈的覺有兩種涵義：自覺與創造，前者是讓心靈從為物所蔽的昏昧狀態恢復為清明，後者是將這明覺的心重新投入生活以賦予意義。但這兩重工夫實際上要怎樣進行呢？

先說如何讓心靈自覺的工夫罷。

其實從**最本質或核心處說自覺，是沒有工夫可說的**。因為既說自覺，就是自己覺醒的意思。他要覺就覺了（孔子也說：「我欲仁斯仁至矣。」），**此外沒有任何其他力量或辦法可以讓他覺，因為若有，就不叫自覺而叫他覺了！**這樣說顯示出正相反的兩點意思，**其一：自覺是非常容易的**，你要覺就能覺，誰也阻擋不了，不是很容易嗎？但**其二：自覺要說難也很難**，就是如果一個人偏不肯自覺（好像于美人曾評論陳子璇說：

「裝睡的人叫不醒」），誰也拿他沒辦法。但這相反的兩點還是指向同一個意思，**就是不管要覺要不覺，全看每一個人自己，絲毫不能把責任推卸給別人。**

好，假設一個人決心要覺了，落實下來要怎麼做呢？或說：要怎麼做才能表示或證明我果然是在自覺的狀態呢？

當然，**這證明不是證明給別人看，而是向自己證明**，心靈的自覺從來就是如人飲水，冷暖自知的。

我們不妨先回溯心靈的昏昧狀態是如何，然後反其道而行就是清明自覺了。總的來說，心的昏昧就是指為外物所蔽，也就是心在與外物相遇相涉的時候，心不能做物之主，反而放棄作主的權利讓外物的運轉給牽著鼻子走了。所以，若反其道而行，無非就是拒絕無條件順外物運轉的慣性走，而至少要從這隨順外物的態勢中抽出來，問自己一聲：我真要這樣走嗎？然後再走罷了！這從表面看好像沒差，但**有此一念醒覺，意義就大大不同了！**

這不同就在於：**我清楚知道我在做什麼**（而不是糊裏糊塗，渾渾噩噩），這用佛家的話來說，就是「了了分明」。這也表示我的心是在的或說是覺的，因為心在覺知就表示或證明心是在的啊！《大學》不是有說嗎：「心不在焉，視而不見，聽而不聞，食而不知其味。」

這樣說，我們就容易領悟讓心自覺的工夫落實下來該怎麼做了！一種最正常普遍的做法，不過就是**在日常生活的種種瑣事中，隨時提醒自己去覺知現在正在做的事罷了**！如吃飯時專心吃，飯就有味道了！走路時專心走，步子就確實安穩了！而奇妙的是，這時我們就會有一種**真真實實在活的感覺，這就稱為「存在感」**。否則我們的所謂活就是虛浮的、忙亂的、莫名其妙的。西方的存在哲學因此有一句名言：「**許多人只是活著，而並不存在**。」就是說他只是生物意義地活著（身體各系統都在運轉），而並沒有人性意義地存在。乃因為他的心處在昏昧狀態，沒有覺知他身體每一剎那的運轉。

所以說，「**存在就是被覺知**」，而覺知者就是我們的心，當心自覺，就不會被物所蔽（隨順機體的運轉），而能作物之主而靜觀物之運轉，就是最起碼的作主表現。

創造的種種形態

自覺的心如何再投入生活以創造生命存在的意義呢？

我們也許應該先釐清所謂創造有幾種涵義，而此處所說的創造是那一種涵義。

第一種創造是指**完全無中生有的創造**。雖然似乎所有創造都多少有無中生有的成分，但完全的無中生有恐怕只有上帝（或天）創造萬物才夠格罷！因此，若無中生有是所有創造的共同本質，那麼也就不妨說一切創造都源自上帝或天，此即所謂「創造性」。

第二種創造是指**藝術性創造**。這種**創造的特點是在虛擬的情境中進行創造**。所謂虛擬的情境就是指由藝術語言（文學語言、繪畫語言、音樂語言、戲劇語言、電影語言等等）所構成的世界（即所謂虛構，也就是借用種種物質，但重點不在物質本身而在它所代表的語言）。而所以要在虛擬的語言世界中創造，為的就是呈現作者自己的純粹主體（心靈、自我、感情），這在莊子稱為「見獨」，在禪宗稱為「明心見性」。所以藝術家大都是自我中心的，差別只在這自我是真是假，純粹程度是高是低罷了！

第三種創造是指**道德性創造**，其**要義在賦予事事物物以意義**，也可以說所創造的就是意義。這種創造的進行當然也是通過物質來承載意義，但和藝術性創造不同的是，物質並不純然作為一種語言以表顯自我，物質本身也具有真實的份量。換言之，**道德創造不是在虛擬的語言世界中進行，而是在實存的生活世界中進行**。在此雖也呈現了創造者自我，卻不是純粹的自我本身，而是也包含了由自我所發出來的愛。而愛就像染色劑一般將所有相關的事物都染上了意義的色彩了！令承受的人真實感動。原來**道德的意思就是通過一真實的通道，而實現**（德者得也）**人我交融為一體**的意思。

或說藝術品不也能讓人感動嗎？但一者藝術品帶給人的感動應該是因其境界之美而感動，而非我真實承受其愛（善）而感動。二者這兩種創造當然可以有重疊相兼的情況，例如當作者將自己的作品當禮物送給某一位朋友時，受贈者欣賞閱讀時的感動就可能兼有美感（感其作品之美）與愛（感作者對己的情意）的雙重感動了！

第四種創造是指**知識性創造**。這種創造也和藝術性創造一樣是在虛擬的語言世界中進行。但要呈現的卻不是作者的自我（心）而是萬物的結構（理）。這種純理的結構就稱為知識。如數學、物理學、經濟學等等。

第五種創造是指**事業性創造**。其一是指將知識與物結合而成為可以操作的**事業系統**（如政府組織、企業機構）。其二是指將知識與道德結合（知識加物加愛）而成為可以有效收集愛、儲存愛、輸送愛的**道德事業系統**（如慈善事業或傳統所謂「禮治」）。

第三或二、三的結合就是傳統儒家所謂「內聖學」，第五種（此種其實已綜攝了二、三、四在內）則是所謂「外王學」。本文所說的創造，主要是指道德性創造。當然道德創造往前可以涵攝第二種，往後也可以延申出第四、五種。只是第三種的道德創造實居自我的樞紐之位罷了！

形式與內容合一才是圓滿的自我

經過一連串就不同側面所作的分析討論，我們終於可以為人的自我到底是什麼一回事作出一個全面性的說明了。

首先，人的自我不是就形軀肉身而言，而是就心靈而言；因為我就是我，不是指我的所有附屬部分（我的世界、我的環境、我的親朋、我的財產乃至我的身體，它們都是「我的」而不是「我」）。

其次，純粹就心靈而言的我，就是自我的純粹形式，這純粹形式就是「自由」與「圓滿」。

所以每一人的心靈自我無有例外都願望都要求自由、圓滿（也可以轉說為永恒、無限、絕對、和諧，完美，圓融……），這便稱為人的本性本願。每一個人都希望這種本性能在生活中實現，這便稱為「自我實現」。

當不能實現，便會感到空虛、煩悶、失望、不滿，而自由圓滿便轉說為「理想」或者「道」。人朝這理想追求便稱為「求道」。而自由、圓滿便也可以轉說為「道的純粹形式」了。

同一個自由圓滿，就被推到無限遠的理想而言，傳統的術語稱為「天」，就內在於人而成為人的本性而言則稱為「性」，就表現為自我實現的本願而言稱為「心」。心、性、天在這裏意思是完全一樣的，都是指純粹形式，而不管是心靈自我的純粹形式、人性的純粹形式、理想的純粹形式，都是自由圓滿、永恒無限。

當然，以上所說也是純形式的說法，也就是空洞沒有內容的說法。這說法需要證明，而且是實踐性的證明，因為這是唯一的證明方式。這種實踐性的證明就是孟子所謂「思」（思有自覺與創造二義），所以孟子說：「心之官則思（心的作用就是自覺與創造），思則得之，不思則不得也（通過這種創造性的實踐，就能實現人性的理想，而且這是唯一的實現途徑）。」孟子的另一句話則說：「盡其心者，知其性也；知其性則知天矣。」（只要充分發揮心的創造功能，就能證明人性與天理的圓滿本質。）

而所謂實踐性的證明是什麼意思呢？就是落入生活之中，面對心靈自我以外的種種有限外物（從我的身體、財產、到家國天下，總稱為有限性），要證明自己不受這些概屬有限性之物所限，反而是就憑藉這些物為通道，以連通我與世界，也就是轉化物的限制性為表現性，以自我實現。這時，原來不屬於我的種種外物又重新一一引入自我範圍之中了。這種轉化就稱為「道德創造」，這轉化的過程就稱為「道德經驗」，這轉化的成果就稱為「自我的內容」。於是自我就不僅是一個自由圓滿的純粹形式，也同時具有了完全符合自由圓滿這理想形式的經驗內容了！而藉著這些道德內容的創造、累積，人的自我也就和他所轉化的一一外物連通起來，而逐漸擴大了自我的範圍，終指向於「與天地萬物為一體」，這擴大的努力就稱為「愛」。

當然這逐漸擴大的自我是指自我的內容而非形式，就自我的純粹形式而言，自由圓滿本就是無限大的，這可以稱為「虛的無限」，道家所說的道正是指此而言。至於自我內容的逐漸擴大而指向無限，則可稱為「實的無限」，這則是儒家所說的道。當然形式與內容是自我的一體兩面，所以儒家和道家的道理也要合起來才圓滿。

第　3　輯

把丟掉的心找回來

自我也是一種歷史性存在

我們已肯定人根本是活在意義世界之中，意義的本質就是通向永恆無限，而其實現的途徑唯一，就是自覺地創造。這時，心靈的自由形式與生命的意義內容合一，這才是當下完整而圓滿的自我，所以才說「當下即是」，或者也如孔子所說：「我欲仁斯仁至矣！」（我基於自由意願想要實現自我的價值需求，立刻就可以通過創造的行動而實現。）

以上所說的是一個真實存在於眼前當下現在的自我。但自我卻還不僅是這一層涵義，他還可以推展到一個更豐富的層次。

我們曾說自我有他的形式與內容，他的形式就是自由自覺的心（這是虛的無限），他的內容就是經由心的創造而不斷增加的道德經驗（這是實的無限）。虛的無限是指心的本質當下就是無限，實的無限卻是得在量上無窮累積以指向無限。那麼有一個問題就出現了，這些被創造出來的道德經驗、意義內容，是儲存在什麼地方的呢？它們又是如何點點滴滴累積起來以致於愈來愈豐厚的呢？

首先我們當然可以說它們就保存在人的心裏，而形成人心的內容。當然這不是指機械的事件記憶或資料儲存（就如同電腦的記憶體），而是指意義的儲存。意義是如何儲存的呢？它當然還是得憑藉某一些事件，但卻不止是事件或感官經驗的本身，而是兼帶著藉這些事件而呈現的意義一起保存下來了。這些有意義、價值、真情、真理或「道」蘊涵在其中的事物與經驗，就稱為道德物、道德經驗。於是當這些往日事物、經驗從我腦中浮現之時，一種永恒的感動、悅樂也會同時在我心中再度湧現。

例如花園中的玫瑰自開自落，它們只是自然物，但當其中一朵被人摘下來送給情人的時候，它就因傳達了情意而變成道德物或禮物了！接受的人也會感於這份情意而將玫瑰珍重收藏，即使枯萎了仍會將花瓣夾在書裏。結果過了二十年，偶然翻開書，飄落那一片花瓣，想起前塵往事，還會紅飛兩頰，甜在心頭哩！這就是所謂保存在人心中的道德經驗。

其次，這些意義內容也可以從人心往外投射而保存在文字紀錄或紀念物之上。紀念物就如前述的玫瑰花瓣，常以禮物、信物、遺物等身份而被收藏保存。至於文字紀錄（廣義的文字包括聲音、影像，所謂多媒體）就更是主要的保存方式，因為文字語言更能細膩深入地保存意義發生時的情境，而更有利於意義的保存、感情的傳達。當然，同樣的這也不止是指文字紀錄的本身，更是指在字裏行間躍動的意義、感情或「道」，即所謂「意在言外」。而這也就考驗著紀錄者的功力與見識。太史公作史記，並不寫流水帳，而是就一個人的一生行誼中，選出一兩件足以表顯其人精神風格的予以記敘描寫，卻巨眼深心，遂使價值風采，躍然紙上。

而這種種形態的保存儲藏，就稱為「歷史」，當然這是指意義的歷史而非事件的排列。於是人的生命自我遂也就以歷史的方式存在，而特顯其豐厚了！

意義是如何保存於歷史的？

意義是人心在當下的生活經驗中創造出來的，然後就保存在歷史裏。而所謂歷史（指意義的歷史不是事件的歷史），雖仍存留在人心，卻也記錄於文字與象徵物之上。

在這裏我們不免會有一個疑問：意義到底是保存在人心還是文字事物之上呢？若實在於人心，那麼所謂記錄於文字、徵象於事物又是什麼意思呢？這紀錄與象徵對意義的保存又具有怎樣的功能作用？

原來，意義雖根本是保存在人心，卻由於人心會遺忘，所以有必要形諸文字、附於實物，以為提醒；又因為意義有從此心傳送於他心的需要，所以也得有文字、意象物以為傳播的媒介。不過，歷史的文、物紀錄雖有上述功能，意義仍不能說是保存在這些文物紀錄之中，而仍只能說是保存在人心。

乃因所謂意義或說道，本來就是指人心所感受體驗到的一種永恒感（價值感、無限感、自由感、神聖感……），既然是一種「感」，當然只能存於人心。

但人心為什麼會忘呢？原來所有感都是發生於當下的，永恒感也不例外。所以當事過境遷，所感者也自然煙消雲散。而我們在心中所記得的，其實已非那感的本身，而只是其記錄了！只是這記錄於大腦皮質的資訊，的確會因生理的不穩定性而遺忘，所以要在大腦之外留一個文物紀錄的備份（連電腦檔案也有此必要，以免因中毒、當機、誤按而遺失）。**這些歷史紀錄遂對我們有了提醒、喚起記憶的功能**（猶如打開了電腦中的某檔案）。

不過我們仍須釐清的是，對意義的保存而言，這仍須應分為兩個步驟：第一、**是藉外在歷史紀錄**（文字備份）**喚醒我心中的記憶**（仍只屬資訊）。第二、**藉此記憶引發心中的意義感**。在此須注意的是：這新引發的**意義感並不是以前留下的而是全新的**，**因為意義感**（道）**只在當下**，一過就永過了，留下來的只是資訊紀錄罷了！但難道這新引發的意義感與當年原始發生的意義感就完全無關了嗎？那又不是。原來所謂意義感，其實是由純粹的無限感（道的純粹形式）與引發這無限感的經驗、經歷結合而成的，正因此結合，使中性的感官經驗的內容被轉化為有意義的道德經驗內容了！

於是心中的無限感（道）本身雖永遠無異（道就是道），但呈現道的樣貌卻千千萬萬，多彩多姿，而構成道德經驗的日新又新，生命的歷史內容也就日益宏富。

但大腦記憶或文字記錄卻永遠只能保存感官經驗的皮相而無法保存道（無限感），所以，意義的喚醒畢竟要加上記憶者自己的心在當下有道的覺或呈現，才能重溫當年的原始感動。

至於意義之傳遞也一樣，它不僅僅是資訊的傳遞，更是要藉此傳遞過去的資訊（例如講授一章《論語》），啟發對方心靈的覺以悟道。當然這包含面對面傳授時的心心相感，與讀者自行閱讀時的自行覺悟，上友古人，異地同證這永恒同一的道。

總之，道雖自存於天壤間，卻常藉種種事件以蘊藏，以提示、以傳達，此之謂保存於歷史。

完美自我須靠不斷的修養來保證

資訊與記憶雖然能儲存意義、喚醒人心的意義感，以及將人心的感動或情意傳遞給他人。但資訊與記憶也可能堵塞人心，使意義感因被遮蔽而無法浮現，使我心與他心因被隔斷而無法相通。於是雖說意義是保存於歷史，歷史卻反而經常掩蓋了意義。而人也就不但不是富於意義的、充實美好的存在，反而是背負著歷史重擔的、堵塞不通的存在了。若然，則人還不如沒有歷史比較好。

例如小孩，因為還沒有什麼歷史經驗，所以反而活得天真爛漫，純樸自由。等人漸漸長大，人生經驗多了，反而處處被這些歷史經驗所制約，習慣、個性都定型僵化得牢不可破。於是我們遂稱孩子的生命存在狀態為純真，稱大人的生命存在狀態為虛假。

但，人有可能永遠保持孩童般的純真嗎？我們說這是不可能的，因為人總會長大，總會有愈來愈多的生活經驗與記錄輸進他的生命與大腦；所以，**天然的純真是一定會漸漸遺失的**。

那麼，人有沒有可能雖經驗不斷增加，生命卻又不致堵塞遮蔽呢？這當然是可能的，但卻非不勞而穫，**而須不斷付出疏理自我生命內容的努力**才行，**這就是所謂身心修養**。

於是，談到自我是什麼東西，我們也可以轉從這個角度來描述：**自我就是通過不斷的修鍊歷程以維持健康統整**、自由暢通的存在。換言之，自我不是一個靜態、定型的結構概念，而是動態、變化、不斷更新的歷程概念。

孔子說：「若聖與仁，則吾豈敢？抑為之不厭，誨人不倦，則可謂云爾已矣！」（要說人格完美，我怎麼敢當？我勉強算是知道要不斷反省修鍊，也提醒別人要不斷反省修鍊，以期能接近完美罷了！）孟子也說：「乃若其情，則可以為善矣，乃所謂善也！」（我所說的性善，並不是指人的人格生來就完美；而是指人若順著人性的完美理想，是可以不斷修鍊自己以企及完美的。）他們對生命存在意義（永恆感、無限感、完美感）的肯定，都是從動態的修養歷程去詮釋的。

原來，當我們說人天生就是善的，其實僅指生命的純粹形式（天真、純真）或人心的理想嚮往。但當人逐漸長大，駁雜的生活經驗不斷進入我們的生命體而成為生命的內容，這純形式的完美就會被破壞，於是統整變成破裂，暢通變成堵塞，輕靈變成沉重，原始健康的生命也就轉成生病受傷了！

於是，**身心修養、自我療癒就成為修復自我的必要功課**。

而所謂身心修養、自我療癒，落實言之，也不過就是針對自我生命歷史上所有已發生、正發生的生活經驗，一一作選擇汰濾、有效歸檔、靈活運用的工夫；以期它們僅產生豐富自我生命的正向功能，而避免衍生堵塞生命的副作用罷了！

那麼，怎樣去作這種工夫呢？這就是我們下面要談的新主題了！

成就有愛心也有愛力的真我

在本文屬稿之時，正發生八十四歲的老先生因不忍老妻病苦而以安樂死之名殺妻的事件。此事驚動社會，我也隨即受邀上公視「有話好說」節目談論安樂死與老人照護問題。節目接受觀眾Call in，可驚異的是打電話進來的觀眾，年長的都贊成安樂死立法，負照顧責任者則一致表示壓力沉重不勝負荷，一位才送走患病八年逝世父親，旋又要照顧精障母親至今已六年的女性觀眾，甚至不諱言也想殺母。

試問上述的這些現象透露了什麼訊息呢？扣緊本書的主題而言，無非就是對愛與照顧雖有心而無力，也就是本書一開始就點出的：所有感情問題本質都是自我問題的意思。**感情牽涉到愛，自我則牽涉到力量；須自我健康堅強有自信，才有能力去愛人；**否則自顧不暇，有心無力，照顧一般人已不免都有問題，何況是照顧無生活自理能力的老弱病幼呢？台灣近些年來經常發生虐殺嬰幼兒、遺棄老病父母的人倫悲劇，追究根由，恐怕都**與照顧者自我失能有關罷！**

但自我的能力從何來？我們先撇開體力與物質金錢、社會支援等外在力量不談，**專就更與愛密切相關的內在精神力量**（如自信、寬容、樂觀、剛毅、有恒、堅忍、理解、溝通等等）而言，**則全由心靈自覺地修養磨鍊而來。原來愛心是與生俱來的**，即所謂「性善」；**但愛力卻一點一滴都要靠後天的修養學習才能擁有，此即所謂「有意義的經驗內容」**。

原來，未經心靈自覺去修養淬鍊而成自我的意義內容的原始經驗並不足憑，因為那只是外加的、由制約而成的盲目慣性力量。這種力量佔據了自我也役使了自我，它雖一時間以責任、應該、不敢不乃至不忍心、罪惡感的形式驅使自我去付出，但久了就漸漸無效了。因為在這種形態中，自我受制於外力，其實是委屈的，委屈既久，必然會激起反彈，於是倦怠、抱怨、憎恨、逃避乃至借愛之名行虐殺之實都會發生。但反彈之後又會內疚，只好加意付出以求自恕，遂致更增疲累怨懟反彈而成惡性循環，所謂

「冤冤相報」、「前世相欠」，**關鍵都在這些照顧付出都不是由衷而出，它與人天賦的愛心反而構成一種奇特的矛盾**，即正因為愛他（這愛純就心上的原始動機而言也不假）結果反而害他。

所以，對生命成長過程中種種際遇與經驗，我們才須要一一加以檢查、汰濾，自覺地予以重新的詮釋與認可，讓一切後天經驗都不是外界硬塞給我要我「吞下去」的制約，而都是自我處世待人的知識、智慧、意志、力量的來源。所謂智以知仁，勇以行仁，智勇都由仁出，才能真實成為愛人的力量啊！此之謂「有意義的經驗內容」，由此也真實見出認真下功夫做生命修養的必要。

孟子曾說：「富歲子弟多賴，凶歲子弟多暴。」（出身富裕的人性格容易仁慈卻軟弱，出身艱苦的人性格則容易獨立卻凶狠），就是因**心靈不自覺，於是性格被環境決定**，而且不管是賴是暴，都不算德性而只是被塑造的性格。所以，仍得有一番自覺工夫，才能從環境的考驗中翻上來，成就有愛心也有愛力的真我啊！

自我療癒從不求愛開始

最近心血來潮，忽然好奇我近年來寫的文章，到底有多少讀者關心認同？遂打開電腦進入學生為我架設的新聞台：「曾昭旭最新發表文集」，逐篇檢視，看怎樣標題的文章點閱率比較高。結果很有趣地發現，有關「情慾」與「自尊」的文章看的人明顯最多（其中超高的一篇是分析李安電影《色戒》的長文）。剛好印證本書第一篇文章所提的論點：「感情問題本質上都是自我問題」。

當然，既然出了問題，就表示生命由正向轉為負向，由健康轉為傷病。所以感情的重心才由正向的愛轉為負向的情慾；自我的重心也才會由充實的自信轉為脆弱的自尊。本來該由真我秉其自信以發出真愛去愛人的，因此也轉為假我為支持他脆弱的自尊而通過情慾去利用他人了。

但即使人是在傷病的狀態，人心中對健康充實，自由悅樂的盼望仍是長存的，因此一定會不斷尋求自我的療癒之道。那麼自我的療癒之道何在呢？就自我一端來說就是心靈的自覺，就感情或人際關係一端來說就是愛。

而這兩端的關係，則是迴環相生而以自覺為本。換言之，**一切生命傷病的療癒，都以心靈自覺，從而建立根本自信，培養獨立人格為根本的動力或終極的答案**。只是談到心靈的自覺，說容易很容易（孔子說：「我欲仁斯仁至矣！」佛家說：「一悟便至佛地。」）說難也很難。當人受傷深重，自我防衛機制強固（多疑善妒、深閉固拒），的確很難放下心防，輕易相信別人。乃因他以前之所以受傷，不就因輕信別人的愛（包括示好、追求、承諾……）結果卻發現被騙、被利用、被侮辱而來的嗎？

因此，除非一個人內在的力量極強韌，能在嚴重受創中依然自我振拔，（如耶穌在被釘上十字架時依然能說：「天父，請原諒他們，因為他們所做的，他們不知道！」）否則，要讓一個自我嚴重封閉的人重新打開心門，常常就得靠有一份真愛溫柔又堅定地去敲他的心門。而且即使封閉不是很嚴重，只是稍為卡住而已，他人的真愛也常是幫助人走出陰暗，重啟光明的好機緣。只是被愛或被真心而溫柔地對待雖然有助於心靈的覺醒，但自覺仍然是自我療癒的根本力量，被愛畢竟只能是一項好助緣罷了！

從以上簡單的分析，我們遂可以為自我創傷的療癒定下一個簡要的方針：對一切偶然遇到的善緣或助力心懷感謝，卻自惕不要強求；而肯定真正的療癒之道在反求諸己。

能確定這樣的方針，我們至少比較不會盲目地到處向外求助，以至卑屈地付出更多的自尊，反讓自我的創傷更形加重。換言之，愛雖然常有助於自我的重建，但求愛卻完全於事無補且常常反而有害。原來就感情關係而言，小孩是以被愛為主，大人則應以去愛為主。乃因小孩自我意識尚未出現，又柔弱無能，所以求愛無傷自尊，遂成其專利。但人長大了，就不該求愛了！求愛只顯示人還留戀童年，不想長大罷了！卻正是這一點讓人的內在力量無從啟動，反招來更多屈辱。所以，自癒之道也可以從這一觀點來說，就是請從不求愛開始罷！

把丟掉的心找回來

所謂不求愛，換一種說法就是要自立。而自立有形軀生存與心靈獨立兩層。一般說孩子大了已能自立，指的是有一技之長，能獨力賺錢養活自己，不須再靠父母，也就是形軀生存這一層。但我們這裏所說的自立，是單指心靈獨立而言。因為形軀生存嚴格說是沒有自立可言的，人生活所需絕大部分都是靠他人供應，一般所謂工作賺錢養活自己，其實是指納入社會的分工系統以互相支援。一旦這個平衡的分工系統有了缺損，生存就會感受到程度不等的威脅，如失業、缺貨、漲價、生病、受傷等等，就更不用說發生戰爭與社會動亂，遇到天災與瘟疫了。總之，形軀本屬有限，死亡終不可免，無法真正自立，所以只能就本質屬無限性的心靈來談自立。

那麼心靈要怎樣做到自立呢？這又要再換一個說法，就是「把真我找回來」。原來自我所以會受傷而導致自疑自棄，根本就源於誤執假我（有限形軀）為真我（無限心靈），遂從有限處強求無限，而終不可得，乃因此失敗、失望而受傷。所以療癒之道，當然得回到根源處予以明辨釐清，重新肯認真我才是我，假我只有在依於真我時才真（當肯認心靈為自我，形軀反真實不假，吃飽睡足都是幸福），離卻真我，妄以為無限，便頓時變假（當形軀慾望無限膨脹而無法自持，反成心勞力絀，夢幻泡影）。

當然，要把長期被過度的慾望（即所謂「淫慾」，淫是過度的意思）所遮蔽的真心真我找回來，並不容易，乃因習氣已深，障蔽甚厚，要盡行磨去，徹底平反，得付出恒久的修持。但凡事總有個起頭，而這起頭的第一步，便是先要在觀念上明辨（我們在本書所談的，可說全是在觀念上明辨），如果認同這觀念（我有心身真假兩層，心靈之我才是真我，或必須以心為主的心身一體才是真我），便當將這正確的觀念植入自己的心中，讓它取代以前的舊觀念，以漸漸引導我們的生活言行去作轉假為真的改變。

這樣將上述的正確觀念自我肯認、自我植入、自我遵循，便稱為「立

志」。原來立志，不是一般所謂立志做大官、巨賈、選手、明星、學者、名人的意思；**真正的立志，不過就是「肯認吾心、認同真我」**罷了！原來「志」就是「心之所之」（心的方向），「立志」就是「確認心的真方向」，**而心靈自我的真方向，當然就是「自我實現」、「證明我果然是具無限性的真我」**。

為了與一般的立志相區別，孟子稱這種根本上的立志為「尚志」，而說「士尚志」（士之所以為士，在他能做高級的立志，也就是立自我實現的志）。對於這樣的立志，孟子的另一種表示法是：「學問之道無他，求其放心而已矣！」（生命學問的實踐途徑，第一步就是把丟掉的心找回來。）

最後話說回來，所謂求其放心，不就是心靈自覺的意思嗎？的確，不管說不求愛，說自立，說立志，說求其放心，說自覺，總之這就是自我療癒的第一步。

自我其實是一個修養概念

如果將自我看作是一個動態發展的概念，那麼這動態發展的歷程就是一連串不斷在修養的歷程。如果視自我為生命存在的本體，不止息的修養為工夫，那麼，**自我概念落實到生活上，其實是由不斷的修養活動來支撐、充實與證明的**。這就是生命哲學上所謂「即工夫即本體」（就在做修養工夫時本體呈現），王陽明因此說：「心無本體，工夫所至便是本體。」（所謂心性本體其實只是個空概念，得要落實到工夫修養上，當工夫到家那一刻，本體或自我的存在才會被我們親切地體認到。）

以上的道理您會覺得很玄嗎？還是覺得也不難懂？世人多半對心性學或宋明理學抱有深奧玄遠的成見，其實他們談的無非就是自我的問題，也就是跟每一個人都密切相關的問題，理當人人都覺得親切有味才是。那麼為什麼事實上多半人都覺得難懂呢？這其一是語言陌生的緣故（什麼心性理氣、本體工夫……），但更重要的是由於心理上的障礙，什麼障礙？原來就是當生命受傷未癒，自然會形成種種防衛反應，逃避、辯護、拒絕，遂使人因不想去面對問題而藉口它深奧難懂了！

所以，在此我一方面試著僅是不用術語而用平常的生活語言來談自我問題，一方面還是願鼓勵讀者要勇敢一點面對自己生命的創傷，不要想省事逃避；若能有這一點心理建設，那麼，一點點閱讀思考上的艱澀也許就能克服了！

好，說回到本題，自我既然是一個修養概念，那麼修養什麼呢？這則可以從積極、消極兩面分別又綜合地說。

從正面來說修養，其實就是想辦法讓生活中一一發生的事件、遭遇的事物，結果都對我具有意義的意思。這正是所謂意義的創造，也是人我、物我間的有效連結以使得人我一體、物我一體。這時修養的意思就是創造。

當然，要怎樣進行創造？還得有一個工夫實踐的程序。大體上來講，是秉持這真誠的自我（仁心），發展出判定發展方向、規劃發展程序、研究發展技術、斟酌發展分寸的智慧（於此仁心轉為智心），而且當計劃付諸實行，更要發展出有效執行的行動力量，如勇敢、堅毅、有恆、忍耐、果斷等（於此仁心轉為勇心、信心、恆心、耐心），也就是所謂「智以知仁，勇以行仁」，這才真能完成意義創造、自我實現的人性理想。

但在這下學上達（從生活切入以創造意義）的努力中，如果遇到挫折、造成創傷，乃至久傷不癒，形成自我的封閉、僵化、憂疑、恐懼之時，修養的重心就得由積極的創造轉為消極的治療了！

而要怎樣進行治療，當然也有一番工夫歷程。大致來說，仍須從仁心轉出智心，去作症狀的診治，如分辨真妄、釐清自我矛盾的心意孰為本心所出？然後更要轉出勇心、信心，以勇敢面對自己的過錯羞恥去力求改善湔雪。

這兩面雖屬迴環相生的一體兩面，但實際來說，人卻常是久過不改，因此消極面的修養療癒反更易成為人生修養的主題，以期去妄存真。所以我們下面的討論，也將先從這一面入手。

電影《黑天鵝》在說些什麼？

榮獲二〇一〇年奧斯卡最佳女主角金像獎的電影《黑天鵝》在台上映之時，因為涉及自我的陰暗面，頗引起一些議論。一位演藝人員說看後心有戚戚，雖然想做好女孩，但的確在使壞時會覺得比較爽。

但這部電影涉及自我的複雜內涵，是不宜簡單解讀的。而編導的處理似乎也有點力不從心，以致在人性詮釋的關鍵處未能到位。所以我也願在此試進一解。

首先，說人性中包涵有正向（白天鵝）與負向（黑天鵝）的成分當然是可以的，但這兩者的關係如何？要怎樣才能解決其間的矛盾而獲致完美（女主角最後的呼喊）？卻須深入探討。而依本片的鋪陳，似乎只須將壓抑封閉在內的黑暗衝動釋放出來，就能獲得足夠的能量去演好黑天鵝的角色，如自慰、到夜店嗑藥狂歡、做一場與莉莉（演黑天鵝的競爭者）的春夢，乃至幻想用破鏡的碎片將莉莉刺殺。但讓妮娜抒發出來以演活黑天鵝的動力就只是性慾、恨、怒、殺人衝動這樣的黑暗動力嗎？若然，怎麼能夠說是完美呢？

其實，**這能融合黑白矛盾的動力應該是生命力而不是負面衝動**。原來，是當生命力被壓抑封閉扭曲時才成為黑暗動力。這動力不管是封鎖在內還是宣洩於外，都與人性正向的理想（白天鵝）矛盾。當然，也因動力堵塞之故，理想也變得蒼白無力。但將堵塞的動力釋放卻須有一轉化的歷程，就是須將怨恨、憤怒、叛逆等受傷感療癒，還原為健康、充沛的創造力，才能貫注到理想面而達到黑、白的交融與完美。否則，你即使能跳活黑天鵝，也無法又同時跳好白天鵝的啊！能兩者都跳好，便意謂貫注其中的只能是正向的創造力而不可能是黑暗衝動了！

其實，電影是可以往這個方向詮釋的，例如總監想用情慾挑逗來激發妮娜並叫妮娜也試著誘惑他，卻只換來被妮娜咬一口；到夜店妮娜雖明知卻仍喝了有毒品的飲料，但畢竟及時逃了出來沒放蕩到底；和莉莉做愛也只是夢境，更不用說殺人只是幻想了！在這裏，編導只須稍稍著墨去凸顯妮娜在每一關口的憬然自覺，就能成功顯示妮娜將長久以來為禮教及母親期望所壓抑的自我生命力，由負面的叛逆轉回到正面的創造。原來，**自覺就是自我釋放、自我療癒、自我轉化的根源性因素**。於是她跳好黑天鵝便不是因恨怒而是因生命的舒暢奔放，這才能同時也跳好白天鵝而獲致完美啊！若然，則她刺殺莉莉的幻想也可以解釋為殺死內心的黑天鵝（化除內心的黑暗衝動），亦即療癒自我的傷痛了！妮娜不是發現破鏡碎片原來是插在自己腹部嗎？當血從腹部汩汩流出，正象徵生命力的真實釋放吧！

另外還有一個重要的對照，就是過氣的舞星貝絲，她就是因為靠外誘總監的情慾動力來跳黑天鵝的，最終也因被拋棄而原形畢露，而令之前的所謂成功徒成虛幻。妮娜則可以是因靠真我的生命力成功而與貝絲完全不同。只可惜編導功力差了一籌，終未能彰顯這一點生命自我的要義。

用無常正念克服意外打擊

二〇一一年日本東北仙台大地震加大海嘯加福島核災所構成的複合性災難，又一度引發直接受難者（災區難民）與間接受難者（日本國民、鄰國乃至世界各國國民）的心理衝擊與所謂「創傷後壓力症候群」的問題。包括看電視災難新聞太多引發的憂鬱焦慮，乃至中國大陸人民莫名其妙地搶購碘鹽，都是心理創傷的反應。

於此，親友的陪伴安慰、音樂藝術的安撫抒發、哀憐或祈福儀式的集體疏導與支持、宗教活動所提供的寄託與庇護等等，當然都是療傷止痛的良藥；但受創者的自我畢竟只屬於他自己，所有的外來撫慰支持都只是助緣，到最後還是得靠自己內心的力量，去完成最終也是最關鍵的救贖步驟。

這最關鍵的一步，無非就是在心理上重回受創的現場，而且勇敢地選擇面對（問題）、接納（事實）、承認（受傷），而非逃避、文飾、否認。有人說「時間是治療創傷的靈藥」，其實大錯，時間不能治癒任何創傷，它只是把創傷沖淡封藏，讓人誤以為它已不存在罷了！西班牙大導演索拉的作品《情慾飛舞》（Tango）中也有如此台詞：「事實不會消失，歷史必將重演，其一就是想消滅歷史。」「如果選擇遺忘，我們將何以自處？」

當然，在受創之初，暫時的逃避與撫慰是療傷的必要步驟，但回過神來之後，就該重建心靈的起碼自信，自覺地選擇去面對創傷，以尋求徹底的療癒。

但，人應該怎樣去面對創傷呢？當然不是暴虎憑河式的硬去面對，那只會觸景傷情，造成二度傷害。選擇重回現場去面對創傷的恰當時機，仍須與驚魂是否已定，撫慰是否已有成效密切配合。

現在假設人的心理建設已大致做好，那麼回到創傷現場要做什麼呢？最重要的一件事就是對創傷經驗嘗試改用更剛健、更如實的觀點去重新詮釋。

原來，人的心理所以會受傷，常來自意外或說預期落空。而所以會意外、會預期落空，是由於人先有了「意」（臆測）與「預期」。所以，若沒有意就不會有意外，沒有對未來的任何預期，也就無所謂預期落空了！

但社會生活，本就是設計了許多穩定運作的法律規範、組織結構來保障人民的生活安全的，即所謂「集體安全體制」。卻不知再堅固的防衛（可防幾級地震、幾公尺海嘯……）都不是萬全的，頂多只是降低災難發生的機率與發生後受損的嚴重程度而已。但人民的心理卻不知不覺全依賴這安全體制，錯以為萬全，遂在災難萬一發生時心理因意外、沒想到而受驚受創了！

所以，我們該認真反省這心理的依賴是否已過度？而在每一次心理受創之後作出合理的調整，而最關健的一點是還原「人生無常」的實存真理。我們當然可以也應該建設一個盡可能安全的社會，但永遠要記得這仍是「盡人事，聽天命」。若然，則在下一次意外發生時，我們的心理才可能在正確觀念的保護下安然度過，即使不免受創也比較可能不致太嚴重，也比較容易復元罷！

當受傷未癒，就形成自我的黑暗成分

正當我們開始要探討自我創傷的療癒之時，台北電影院線剛好上映了《黑天鵝》，接著日本又發生嚴重的地震、海嘯、核能外洩的複合式災難，正好提供了機會讓我們可以藉此來討論自我的黑暗面與創傷療癒的問題。不過，個案討論暫告一段落之後，我們還是該回到理論的層次，去概括地說明自我的創傷與黑暗面是怎麼來的，從而也了解療癒之道何在。

總的來說，**自我的黑暗面都來自受傷經驗，由此繁衍出莫須有的虛妄想像，而構成生命經驗中的虛假成分**。

這意思就是說：健康經驗是不會繁衍出虛假成分的；健康經驗本質光明，也不會成為黑暗成分。會構成虛假，一定來自黑暗，而所謂黑暗則意指自我的受傷。換言之，受傷、黑暗、虛假根本就是同義語，而相連為一組同質的概念。相對的，健康、光明、真實則是另一組同質的概念。

原來，**當自我受傷未癒，就一定會在心中形成一個自我防衛機制，以避免自我再度受傷。**而所謂防衛機制，則無非是一套假想、模擬的刺激——反應機制，而非面對真實的生活情境去作出如實的自由選擇或反應。前者是被動逃避，卻不知愈心存逃避，即愈不免落入定型的想像恐懼之中，結果不必真遇到同樣的真敵人，自我就已經被假想敵又傷害一次了！所謂「一朝被蛇咬，十年怕草繩」，便是因恐懼、自我防衛之故，把所有疑似的對象都類化為曾咬傷我的蛇了！這就是前文所謂源自黑暗恐懼的虛妄想像。這種假經驗愈繁衍愈多，遂構成自我的黑暗成分，使得自我光明、真實的成分被遮蔽、壓抑在內而逐漸迷失銷亡。

至於**健康生命，他的行為便不是根據恐懼的假想或防衛機制，而是根據當下所遇到的真實情境，去自由主動地選擇最有效的方式去回應，以促成自我存在意義的實現。**這樣，當然會帶來光明、悅樂、真實、舒暢的生命存在感與意義感。

但，自我是因何受傷的呢？總的來說，便是我們在上一文所提到的，是因為當自我納入到一個人為設計的穩定秩序中之後，便逐漸不知不覺地誤以為這社會機制是絕對可靠的，卻渾不知「無常」才是生命自然的本質，遂在一次偶然的意外遭遇中因預期失落而受傷了！

在這裏，我們發現所謂人為建構的穩定社會，和我們受傷後形成的防衛機制，本質上竟然是一樣的，都是一種假設虛擬的產物，它們雖然一方面有保護人、帶給人安全感的功能（安定的社會給人實質生活的保護，心理防衛機制則給人心理的保護），但同時也帶給人反因此再度受傷的風險。換言之，不止心理防衛機制，就連社會這個集體安全體制也一樣涵有虛假的成分，而既然虛假即蘊涵黑暗，所以社會體制也是本質上即有黑暗、不健康成分的。

那麼，所謂健康而光明的經驗是什麼意思呢？它不必然等於歡愉而非悲傷。重要的是心靈保持明覺與自由，雖活在安全機制中受到它的保護，卻並不依賴它的保護，而隨時有保護不再，亦即「無常」的心理準備，這樣才能遇變故而不受傷，才能應變而作出自由有效的選擇，而使人生充實有意義而且多采多姿。

死亡就是人生中最大的虛假成分

當人不能正視真實世界的核心本質便是無常，而須躲在一個人為亦即不免涵有虛擬成分的社會體制與心理機制之中，以獲得安全、穩定的保護的時候，人其實也就同時削弱了面對無常去創造出多采多姿、變化萬千的人生風景的能力，而只能在其實靠不住的安全體制中，懷著隱微的不安，預防或者說等待著無常的降臨。

而人生中最大的無常便是死亡，因此自我不夠健康的人，心中最深沉的隱憂與恐懼便也就是死亡，死亡因此也就是人心中最大的黑洞與虛假成分。所以，若要療癒生命的病痛以恢復健康，驅除人心的黑暗恐懼以恢復光明自信，面對死亡以求解便也就是一個最核心的課題，即佛家所謂「了生死」。

我們不妨就從「怕死」這個最普遍的心結切入：人為什麼會怕死呢？人所怕的死到底是什麼東西呢？

前言死亡是人心中最大的黑洞與虛假成分，為什麼說死是虛假的呢？原來人所怕的死，其實不是形軀肉身的死亡，而是一個人心所想像的世界。因為就形軀肉身而言，死亡絕對是在人生範圍之外，是我們永遠不會有的經驗。因為在死前一剎那，我們還是在活著的狀態，仍有生之事可做該做；而在心跳腦波停止之後，那便與我完全無關了！對於與我完全無關、無從經驗的事，有什麼好怕的呢？人打過針，怕打針，有理；失過戀，怕失戀，有理；但人從沒死過，根本不知道死的滋味，卻怕死，有什麼道理呢？

有人會說，我們雖沒有自己死的直接經驗，但可以有從別人的死而來的間接經驗呀！就如同自己雖沒失戀過，但看到失戀的人痛苦的樣子，也可以知道失戀是很痛苦的，因而害怕失戀。

但對死亡這件事而言，我們卻是既沒有直接經驗，也沒有間接經驗。因為並沒有那個已死的人將他的死亡經驗告訴我們，我們又從何得知死亡可怕呢？

有人又會說，不是有些人有瀕死經驗嗎？他們就可以告知我們他的死亡經驗了！但且不論死後能復活的人算不算真死（若不算，那麼畢竟沒有死人能告訴我們），就算算好了！但根據那些有瀕死經驗的人的表述，那卻常常是一種美好的經驗，如身體沒有重量，靈魂飄到天花板，或者看到死去的親人，周遭充滿金色的光等等。若然，死又有什麼好怕的呢？

但人畢竟普遍怕死，於是我們須擺脫死是指肉身死亡的成見，而領悟到人怕的死原來是另有所指。這另有所指的是什麼？依我看，就是人過去歷史所有未痊癒的創傷，或說是所有失落感的總稱，如失去錢財、權位、名譽、健康，或所願不遂的失望，或所謀不成的失敗，這種種打擊埋藏在心中，遂構成人心的黑暗部分，讓人不願回想，害怕再度發生，最後遂以代表失落一切的死亡來作為人所畏懼的總稱。也就此構成人生有待解決的最大課題。

自我虛歉與愛失能

畏懼面對自己的死亡可能，顯示了自我生命潛存的陰暗或受傷未癒的假想，也顯示了自我心靈不敢面對真實的虛弱。同樣的，畏懼面對親人的死亡可能，則是顯示了愛能的枯萎，使人無力去支持安慰面臨死亡的親人，暴露出心理上依然停留在依賴這位親人的稚弱狀態；當然，這也是一種潛存在生命中的陰暗成分。

而廣義的死亡可能，還包括親人的疾病、衰老以及種種不幸遭遇。這都會構成依賴者心中堅強、完美、永遠可堪依賴的形象的破滅，而令他惶恐不安，手足無措；而只能採取種種逃避的手段或心理防衛機制，以求苟安。

我曾聽聞一個這樣的案例，一位老媽媽面臨癌末，但沒有家人敢告訴她真相。雖然醫院已告知不必再來診療，家人仍安排定期送她去複診。家人除了求神問卜，也執意相信一些療效神奇的傳說，而逼她每天吃難以下嚥的苦藥。甚至她遠道的親姊妹們都不能來看她，免得她驚覺自己原來已將壽終。當然也不願簽署臨終放棄急救的同意書，寧願相信可能救活的渺茫機率……

這些家人們是在愛他們的親人嗎？無寧說他們是在畏懼面對自我愛失能的陰暗事實。因為他們所作的，並不是在為老媽媽的幸福與尊嚴著想，而是被自我的荏弱所籠罩，以致在面對問題時只能作出無效的反應，卻渾不知如此將會使他們親愛的老媽媽在人生的最後旅程，得不到親人溫暖的陪伴，而終將孤獨無助地死去。

對老媽媽的家人們，我其實並無任何責備的意思，我只是想藉此點出一個事實：當人的自我處在受傷未癒或說被黑暗或死亡陰影籠罩的狀態，是沒有能力去愛人的。所以我才說「愛是自我存在的更充分證明，可也是自我存在的嚴厲考驗」。換言之，自我與愛的能力其實是一體的兩面。我們因此常常可以從一個人在愛上面的表現，推知他的自我存在是處於何種狀態。

例如：有人在親人死亡後傷痛逾恆，久久不能平復。（適度的哀傷是自然的，但當哀而不傷。）有人將老病的父母送到安養院，漸漸就不聞不問。（我不相信他們真的不愛父母，他們恐怕只是逃避面對。）有人雖與家人同住在一個屋簷下，卻生活上各過各的，形同陌路。（恐怕是連繫既斷，就不知如何再接上，或者彼此有心結未解，就拙於面對罷！）有人則與家人相處，動輒惡言相向，卻在彼此遠離時關懷想念。（可知並非不相愛，只是缺乏愛的能力罷！）

以上所述，恐怕正是現代社會人生的普遍常態，這表示了什麼？就是現代人的視野太過向外看，去注意、追求、爭逐種種外在的浮華，卻忽略了往內的自省，以致於對自我陌生，對愛無能。遂使得所有外在所擁有的，不論是功名利祿還是親朋好友，都因缺少愛的滋潤、意義的賦予，而褪色為蒼白虛假的表相，或淪為複雜沉重的負擔罷！

末日預言對自我的救贖功能

二〇一一年「王老師」的五一一末日預言早已煙消雲散，緊接著美國牧師的五二一預言也未見波瀾。當然可想而知之後還會有層出不窮的末日預言，但迄今為止，我們至少可以確定的是：歷史上的所有末日預言都沒有實現。因為只要有一次成真，就沒有今天的你我了！但可怪的是，成真率為零的末日預言，為什麼還會有這麼多人相信，甚至還集體賣房子遠走避難？（這回的埔里貨櫃屋不提了，讀者還記得上世紀末陳恒明的飛碟會是集體到美國加州等待末日上天堂？）

我們於是可以為所有的末日預言定位，原來**末日預言根本就與客觀事實無關，而純然顯示人心的虛弱與無名的恐懼**，亦即源於我們近來一直在討論的自我定位未明、受傷未癒、不能凡事反求諸己而不免對外在的集體安全體制有過度的依賴與期望。於是當這個本質無常的世界偶然有一點風吹草動（地震、海嘯、核電廠事故、金融風暴，恐怖攻擊……），就足以**摧毀人心的安全想像，而誘發無名的心理恐慌**，末日預言遂應運而生。

所以，與其說是「王老師」們妖言惑眾，不如說是預言者感應到大眾的恐慌心理而率先代他們抒發出內心的不安。所以，我不贊成將王老師起訴論罪，因為根源不在他而在大眾。**我們該追究的是為什麼人心會陷入這恐慌中，而且人數如此眾多？**而面對這一次次的集體恐慌與末日預言，我們最該做的又是什麼？

這些現象背後的根本原因既如前文所說是來自人心虛弱，則應對之道當然也該回到人心去探討，正所謂「心病還須心藥醫」。而若用這個觀點去看末日預言的存在功能，則至少有以下三點可說。**其一就是提醒功能**，提醒什麼？就是提醒我們的心昏昧了，導致價值外求、生命荒涼、體制異化。用什麼來提醒？就是災難。**是災難讓我們驚覺一直以為可靠的原來不可靠，以為是真的原來是假。**這導致人的恐慌徬徨也刺激人心的反省思索。**其二就是抒發功能**，不管是因此引發人們的議論與避難行動，還是藉此搞笑（如暨南大學學生的嗆聲）或推動防疫（如美國衛生單位的防「吸血鬼末日」宣導），其實都有助於人們把長期累積的緊張不安情緒加以抒發。至於其三——也就是最重要的功能——就是啟動了一連串的療癒行動。

療癒行動常常是通過一種宗教儀式或類宗教儀式來啟動的。如古人在河川氾濫後，為安撫發怒的河神（其實是撫慰受創的人心），會獻祭一位純潔的少女。這儀式會啟動人對犧牲一位無辜少女的悲憫和愧疚（其實更邪惡該死的不是她而是我啊），於是長久被虛妄的安全感所掩蔽的良心遂因機覺醒，污穢罪惡的生命也得到洗滌與救贖。

當然，療癒不能只靠宗教儀式，還當有良心被啟動後的反省改過。讀者還記得九二一地震後台灣人的救災熱情罷！那一陣子台灣的氣真的很好，許多人心詭詐、政治惡鬥都稍息了！但可惜的是沒有把握良機作後續的反省，以引導每一個人回歸真我，遂導致短暫熱情之後，台灣又依然故我罷了！

當過錯被消滅，它反而有了意義

連續幾次談到生命的受傷、黑暗，死亡問題，現在應該回到「自我是一個修養概念」這個本題來了。原來自我之所以須要修養，正因他有傷痛待療癒，有黑暗待照明，有死亡恐懼待面對與超克。基於人的有限性，這些挫折創傷是永不可能絕跡的，因此人通過修養以恢復他的健康自由亦即無限性的一度一度重證，也就同樣是一件沒完沒了的事了！所以，所謂「自我是一個修養概念」，也就意指自我是一個動態發展、辯證反復的歷程概念。

在這樣的辯證歷程中，犯錯、受傷、黑暗成分、死亡恐懼對自我存在的意義與功能，也就有它的辯證弔詭性。此即：一切的犯錯、受傷、煩惱、罪惡，其存在本身都是毫無意義的，因為它們只會造成生命自我的黑暗成分亦即「不存在的成分」，從而引發死亡的恐懼亦即對自我不存在的恐懼。它們無益於生命只有害於生命，所以對生命自我的存在是沒有意義的。

但它們真沒有任何意義嗎？卻又不然，只是它們的意義非常另類、奇詭罷了！此即：它們的存在是沒有意義的，但當它們被消滅、克服而成為不存在之後，它們反而有了意義；那就是導致人的又一次自我證明、自我肯定。

換言之，過錯、創傷、煩惱、罪惡的存在，就是為了提供一個機會讓人去消滅它們，並藉著消滅行動的成功而證明人有自我療癒、自我復原的能力，亦即再一次證明了自我的完整存在。

所以，若我們不能改過、療傷、解除煩惱、救贖罪惡，而使它們的無意義存在持續，這不止是對不起自己，也對不起那些過錯、創傷、煩惱、罪惡。為了成全它們，必須消滅它們，讓它們產生促進自我成長的意義。這就是人為什麼須要修養的最根本理由。

而這促使我們去修養、去改過的心理動力，就是對死亡亦即自我不存在的恐懼，或延申而言，也包括憂（擔心自我將不存在）與惑（不知道自我怎樣才能存在，怎樣就會不存在）。孔子說：「仁者不憂，智者不惑，勇者不懼。」意思其實就是說：如果自我是健康完整、沒有任何創傷、黑暗、不存在成分的話，他的生命一定是光明暢朗，無憂無惑無懼的。當然這話是一種人格理想的表示，落到現實，是沒有人堪稱仁者的，連孔子也說他不敢當，而只能自認是一個不斷朝這人格理想去修養的人。（若聖與仁，則吾豈敢？抑為之不厭，誨人不倦，則可謂云爾已矣！）換言之，孔子也認為自我是一個不斷在從事修養活動的歷程概念，孔子如此，任何人也無例外的都是如此。

如果我們肯認這樣的自我概念，最直接的心理效應，就是能採取一個新的、健康的觀點去看待自我生命歷程中的所有負面經驗，就是對我們曾犯的所有過錯，不必再怕去承認與面對，也不必再想去逃避與掩飾。反而能善用憂懼的情緒去促使我們勇敢面對、自我療癒。這觀念的轉換，可以說就是自我修養的第一步。

147

假自尊使自我更墮落

所有的創傷、過錯以及由此而來的自我不存在憂懼，固然是促使自我成長、重新自證其存在的動力；但同時也反而可能構成人偏不肯去改過而且一意孤行的墮落拖力。這於是構成人的矛盾，不知道自己到底想要去消滅黑暗還是乾脆認同黑暗？想要回歸上帝的樂園還是乾脆與魔鬼妥協？此之謂大惑。

請問人生的這種矛盾與惑到底是怎麼來的呢？亦即：**人為什麼會不肯改過甚至一意孤行自甘墮落？這可以說是人性與自我的最大弔詭、最深沉幽微的奧秘。**

從最根源處來說，這依然源於人的自由本質。我們之前也談過：基於自由的本意，人是可以自由到選擇放棄自由、否定自我的。而落到實際的行動，則常是為證明自我的自由而不惜違背道德、上帝以及一切外加的約束，卻不小心連自我人性中的另一要素：道德也否定了，遂構成以左邊的我否定右邊的我，**而導致自我的矛盾破裂**。

但若只是如此而已，那人只要重新認知道德與愛也是自我內心真正想要的，而調整自我的選擇，自我矛盾的問題就可以獲得解決了。但事實卻並非如此簡單，然則更深沉的原因在那裏？

我願說，**更深沉的原因就在人的自尊**。

當然自尊有真自尊與假自尊之別。真自尊是源於對自我心靈本具無限性的肯定（我雖一無所有，依然頂天立地）；而無限性的落實表現，則常顯現為通過愛與創造去無限擴充自我的範圍（不斷超越自我的有限）。至於假自尊則不是以道德與愛的創造推擴去證明自我的存在，而是逕行肯**定凡屬自我所有、自我所為的經驗內容與行動都因隸屬於我而不容質疑、不容否定。這其實是一種誤認與偏執**。其誤認是指誤認本質有限的經驗行動為我，遂與本質屬無限性的自我構成矛盾。原來有限的經驗行動所以能與自我產生連接，是須要經過「意義化」的程序才連得起來的。所謂意義化就是經過心靈的創造性抉擇，使其經驗行動能產生超越限制、通達人我的功效（即《中庸》所謂「喜怒哀樂之未發謂之中，發而皆中節謂之和」），亦即化有限為無限的意思。

至於偏執，則是直據自我的無限本質而強說所有隸屬於我的經驗、行動皆屬無限而不容否定，而構成自我矇蔽。

正由於自我的誤認與偏執，構成人的虛妄自尊，且為了維護這種假自尊而不惜與客觀事實、主體理想抗衡決裂，而不知反導致自尊的益形脆弱、自我存在感的更加不安與緊張。終於只活在自我的封閉世界中，拒絕反省、拒絕改變。

這就是人生最普遍的顛倒相，一般所謂自戀、自我中心、水仙花情結，就是指此而言，由此衍生人的敝帚自珍、自我標榜、逞強好勝、不甘寂寞、罔顧事實、死要面子，怨天尤人，強辭巧辯等等，實都是對自我愛之反而害之，徒令自我更為迷失墮落的愚行。所以，**對這一點假自尊的勘破，乃是自我修養的一道必須越過的關卡。**

小三現象隱藏著什麼訊息？

二〇一一年間，由於電視連續劇《犀利人妻》的爆紅，引發了一波「小三熱潮」，與「人妻」的反撲，竟致連化粧品、皮膚保養品、徵信社的商機、業績都為之看好、上揚。請問這本書的觀點，要怎麼看待這個現象。

首先容我誠實地說，這現象根本沒能走出傳統男女關係的窠臼。此即：設定夫妻互相屬於、視對方為我所擁有的資產，因此本質上是一以自我為中心的功利觀點。

基於此觀點，所以丈夫外遇，即視同小三入侵以圖謀掠奪人妻的資產，於是人妻當然要反擊。除了增強自己的媚力以挽留應屬於我的資產，更要以搶奪罪控告小三以護衛我的資產。（所以人妻通常只告小三，不會告自己的丈夫，如孫名模不是就在起訴前夕對苗先生撤訴了嗎？）

　　但小三現象畢竟是現代社會的產物，與傳統社會的妾、二奶、如夫人已有不同，即所謂「變種小三」。此不同便在於現代社會是一個開放社會，人的自我意識已普遍覺醒。因此小三們已不甘於做小，而要公然叫陣，強力進攻，準備取大老婆而代之；此所以會激發人妻的危機感，而要奮力反撲。

　　但問題在這自我意識的覺醒卻是半調子的，它依然停留在視配偶為資產的功利觀點，徒然激化了人妻與小三間的鬥爭，**而沒能充分進化到以自由之愛的新關係來取代互相屬於、互相佔有的舊關係。**

　　而在更激烈的自私觀點與鬥爭關係中，自我無寧是更脆弱、更易受傷的。因此現代社會中的男女情愛關係，在分手、失去對方的恐懼下，會引發這麼普遍而且劇烈的報復、傷害、毀滅行動。原因一言以蔽之，無非就是沒有尊重對方是一個自由獨立的人（而只視之為屬我所有的資產或我的一部分），不能容忍他從我身上割離，所以要盡全力來挽留、挽回，以維持自我的完整罷了！

這於是可以完全跟我們上一文所談到的假自尊關連起來：凡屬我所有的都不容質疑、不容否定，亦不容分割、不容剝奪。而在一切屬我所有的事物中，我所擁有的感情對象無疑是最能牽動我心深沉憂懼的一環。其原**因除了生命感情比起物質性的財產更流動無常難以掌控之外，更由於它是人心中的最深連結；比起名利權位的喪失，感情的背叛給人的打擊是更嚴**重而致命的。

當然，所以會如此嚴重致命，**全由於自我不是真我而只是誤執種種外在條件為我的假我**。只是在所有誤認偏執中，感情的迷執是最嚴重的一項罷了！

因此，解題之道無非就是要讓自我的覺醒充分而到位，好讓自我是一個自由獨立的真我；而由真我散發出來的動力能量，也是自由、主動、無私的真愛。然後當雙方都以真我發出真愛，才會是美好幸福的人生與感情關係啊！

我向來認為：**真愛是不會傷人的，傷人的都是假愛。同樣，真我是不會受傷的，會受傷的都是假我**。而不幸現代社會中多半是以假我發出假愛，然則陷於情海中的眾生，又焉能不人人都受傷嚴重呢！

第 4 輯

從養心到養氣

完整的自我應稱為道德自我

所謂自我，就真實的存在（即簡稱為實存）而言，就是指眼前當下正活著的這個我。但這個有血有肉，正在生心動念、思維行動的我，卻是個存在意義曖昧不明的我。他固然可以有理想有愛，也可能有自私有慾望；他固然可以是上帝的子民，也可能是魔鬼的奴隸。因此常使人當下身心充滿著矛盾，此之謂天人交戰，神魔相爭、靈肉糾纏、情理衝突。

那怎麼辦呢？這於是凸顯出人之所以為人的必然責任，就是作選擇。原來人之所以為人，我之所以為我，第一本質是自由。但僅肯定自由這一項本質是不夠的，因為如前所論，這是意義之本，可也是墮落之源，總之自由的本義就是兩可，也就是不定。所以人性自我的本質必須在自由之外再加上一項，就是合理。合什麼理？就是合於生命人性之理。何謂合生命人性之理？就是有助於生命的舒暢與人我的合一，這可以總稱為「和」。所以和、和諧，可以說就是生命的本質理想，人朝這理想而行的種種努力則可總稱為自我實現，於是人在每一個眼前當下的實存情境中，作有助於自我實現的選擇，便稱為合理，亦名曰道德。原來道德的本意就是循著合理的道路走去，最終能獲得（德者得也）自我實現的意思，而不是指種種會壓抑人性、妨害自由的吃人禮教。

自由與合理兩者合一，才是完整的人性與自我。亦即：人須秉其自由意願而作出有助於自我實現的合理選擇，才是充分的自我實現。其實在這句話裏，蘊涵著自由與合理的必然相關或一體兩面。此即：若真順著人的自由意願，人是必然會作出有助於自我實現的選擇的，乃因「自我實現」根本就是「自由」的同義語，人怎麼可能會作出自我否定的選擇呢！所以自由是必然蘊涵合理的（因為所謂合理便是合自由之理），合理也必然蘊涵自由。孟子也說：「乃若其情，則可以為善矣，乃所謂善也。」（如果順著人的本性，人是可以去作出有助於自我實現的選擇的，這正是我所主張的道德。）

如果說自由是自我的核心本質，作合理選擇是自我實現的必然表現，於是自我的完整表示便該是「道德自我」（能作出合理選擇的自我），而不只是孤零零的「自我」。這也就是回應我們之前所說的「自我是一個歷程概念」（自我是一個不斷在作道德選擇的動態歷程），以及「自我是一個修養概念」（自我必須在這歷程中不斷自我提醒、自我檢查、自我改正以避免誤作出有妨於自我實現的選擇）。而這也正是孟子所謂性善的精義所在。

上述的精義，其最關鍵、最弔詭的焦點，便在於如前所論：基於人性本質的自由，人是可以作出放棄自由、自我否定的極端選擇的，這乃構成自我的受傷破裂、虛妄墮落之源。於是構成人性中真與假、誠與妄、善與惡、光明與陰暗的永恒張力，而有待人以更明覺的心、更充分的自我去為自己作出合理而負責的選擇，以自我療癒、自我貞定、自我實現，這便是人異於禽獸而真有資格稱為人的本質責任所在。

以自由選擇愛

如果說一個完整的自我應包涵主體性（以自由為本質）與道德性（以合理為本質）兩要素。那麼所謂真我，就是意指這兩要素的圓融相合為一體（道德主體）；所謂假我或受傷的自我，就是意指這兩要素的矛盾衝突，無法兼顧兩全。

佛洛依德的自我理論正是在表示如此的矛盾體，體內有著超我（道德性）與本我（主體性）的永恆拉鋸。

那麼，要怎樣療癒這受傷破裂的自我，使它由假變真呢？關鍵的修為便在於主體性須秉其充分的自覺與自由意志，去選擇有助於自我實現的合理之路。

當然，所謂自我實現，並不是指去做出符合社會期望，卻扭曲自我性情，壓抑自我自由的事，因為那樣便正掉進超我與本我的永恆拉鋸之中，而是指將人性內在自由與愛的本質予以充量實踐出來的意思，因為這樣人才能真實感受到生命存在的自由、統整、開放、悅樂、充實飽滿。

換言之，生命存在的價值感一定來自於愛，或充分地說是源於自由的愛；而非來自外在目標的追求與達成，客觀規格的符合與滿足。除非那些事業的成功依然是根源於愛人的需要而予以暫時的借用，其實是隨時都可以放下。

而既然談到借用，我們便可以從愛進一步談到如何去愛或如何才能有效地去愛。**愛是動機的問題，如何去愛是效果的問題，兩者都關連到我們的選擇**（選擇有助於自我實現的合理之路）。只是前者關連到動機的選擇，在此答案唯一，就是一定得選擇愛而非自私；後者則關連到效果的選擇，而在此的選擇就很多樣而複雜了，包括自我才能稟賦的條件，所處環境的條件、成長歷史的條件、人和的條件乃至偶然機運的影響等等。其中有我們能選的，也有我們無能去選的。我們能否做到能選的部分充分去選最有利的（有利於自我實現，非有利於滿足外在期望）而不糟蹋浪費；無能去選的也安命無怨，即毅然選擇此別無其他可選的唯一可能途徑，而不猶豫徬徨，患得患失？

而所以能做得到，除了對各種條件有愈充足愈好的了解之外，更重要的是依然不可避免地關連到前一項動機的選擇。我們只有先選擇了無私去愛，才能以清明智慧的心在繁雜的條件世界中善選最有利的途徑以幫助我們去實現愛，而且即使無可選擇，我們也才能安命無怨，一笑置之。乃因我們的自我本來不需要這些成功條件的支撐，我們只是願借用更好的條件去使得愛人之行更有效罷了！

於是我們便可以看出，人所以會被種種世間標的所誘惑，因求不得而失望，因得而復失而受傷……皆因動機不夠純良，心性不夠自由亦因此無餘力去愛所致。於是人便因道德性變質（由內在自發的愛轉為外在條件的追求），形成人心的負擔而導致自由的喪失，亦導致主體性的變假了！所以才說關鍵的修為在秉自由意志去選擇以愛來自我實現啊！

人生之路的奇正相生

通過愛去自我實踐，可以說是一條「非此即彼」（either or）的路。在此又可以分兩層來說，其一是：若不通過愛去自我實踐，便必然造成自我的封閉與空洞化而不成其為自我。也就是說：愛與自我根本就是一體的兩面，若不去愛，我就不成其為我；當然也可以反過來說，若我非真我，便無能去愛。

其二則是：通過愛去連繫人我，若不是促成人我的合一而實證我為真我，便必然造成人我的破裂而使我成為受傷、防衛、自私、自疑的假我。換言之，愛的行動是有冒險性的，不是成己成人，便是傷人傷己，正所謂「不為聖賢，便為禽獸」，而絕無中間模糊地帶可言。

綜合上述兩層，我們便可看出人生之路的嚴肅而必然：人只要生而為人，便必須好好做成一個人，此外沒有第二條路可走。而所謂做成一個人，它的驗證便是去愛人而且獲致成功。總之，人已生而為人了，便不可能不做人。要做人便不可能不去愛人，要愛人便不可能不求其成功，亦即獲致人我的相融為一體。此一體才是真愛以及真我的證明，即所謂自我實現。

當然，基於人性的自由，人的確有權不愛人，或假借愛的名義實則傷人害人；人也有權不想做人，或假借自由自尊的名義實則自暴自棄。但這樣便徒然只成假愛與假我，而必然帶來假我的種種效應，如矛盾、徬徨、空虛、苦悶、懷疑、恐懼、憂傷等等。這時，人的真我部分便必須正視他的假我部分，而有所反省、覺悟，以進行自我的療癒與復元，亦即讓真假混雜的破裂自我重新還原為真實統整的真我才行。

總之，在現象上，基於人性的自由，人雖然可以有真、假兩條路可以選擇，但實際上假路並不是一條可以走得下去或走得通的路，人不管怎麼曲曲折折，最後仍只有走回真路才行。所以，人生之路畢竟唯一，此之謂嚴肅，此之謂當然而必然。

這意思正就是孟子引孔子所說的：「道二，仁與不仁而已矣！」雖現象上有此仁不仁二路，但不仁之路其實不是路，所以人生之路唯一，就是行仁。

雖然人生之路唯一，但我們是怎樣肯定這唯一真理的呢？卻是得一再犯錯、走岔、受傷、反省、覺悟、改過才肯定的。這一方面是人的主體自由必須經過這樣的辯證歷程才得以證成（我不是被命令去行仁的，我是自願去行仁的，因為我的確試過我不高興行仁時就不去行），而讓人甘心情願。這可以說是自我實現在純自我形式上的肯認。

另一方面，則是在自我的道德內容上（自我的道德內容與自我的自由形式成為一對概念），亦即在愛人的行動上，人也須經歷一次次的無知摸索、走岔犯錯，才能真實找到人我的通路以相融合一。所以在愛的路上，誤會隔閡不但不可免，甚至更是增加人我相知、累積彼此情誼所必須的哩！我們若明白不管是自我實現還是人我溝通，都必是如此辯證弔詭，便可以不為人間的複雜多變所擾亂，而依然能秉一心之貞定去走通人生之路了！

一切人生問題都是人生觀的問題

既然自我實現不管在自由還是在愛都得通過一再的犯錯摸索、反省改善的歷程才能漸有所成，那麼落實下來，我們到底該怎樣去進行這修己愛人的工夫呢？

在這裏當然還是可以分就內外兩面來說，在內以養心為主，在外（或說在人我交接之際）則以養氣為主。以下先說養心的要義。

養心當然是一個立本的工夫，包括心靈自覺、肯認性善、建立自信、啟發愛心、培養動力、以至養成獨立人格等。要一一細說，可也是一大套工夫論。本文並不打算這樣做，而只點出一個關鍵性的要義，來作為工夫修養的起點，這就是人生觀的問題。

所謂人生觀就是：對這紛紜錯雜的人生，你是怎樣看待的？或：你是用怎樣的態度去過你的生活的？這於是立刻逼出你看人生的「觀點」和參與人間生活的「立場」到底如何的問題。

關於看待人生的觀點，最基本的分歧是：你認為人性本善還是本惡？你若通過性善的觀點去看這世間，一切就會有如此如此的解釋。反之，你認識的世界就將會是完全不一樣的另一種面貌。

原來，我們根本不是生活在一個如自然科學所以為的客觀自然世界之中，我們已無可避免加上了我們自己的詮釋觀點，而將自然世界轉換為人文世界了！於是我們不同的詮釋觀點就塑造成不同的、多少帶有主觀心靈色彩的人文世界。

而這不同的詮釋觀點，遂也必然影響乃至決定了我們的處世態度，這態度也可以大別為兩型，**就是信任這世界這人生還是懷疑這世界這人生。當然，前者來自性善論，後者來自性惡論。**

試問：什麼是正確的人生觀與人生態度？什麼是偏邪的人生觀、人生態度呢？我願鄭重而確鑿地說：**只有基於性善的人生觀，從而持信任為主的人生態度，才是正大無弊、恆久無疑的人生觀與人生態度。**否則，我們的人生便必不免出現種種矛盾不安、猶疑不決、左右為難、進退失據的情狀，乃至陷於偏執沉溺、憂危恐懼、灰心絕望的境地。

為什麼會如此呢？便因只要認定人之性惡，人生便喪失了所有意義、價值、尊嚴的實現可能，而違背了人心的根本要求（沒有人不希望自己活得自由悅樂、充實飽滿、富有意義）。而人如果持懷疑的態度去過生活，他的生活也必然會變得窒礙難行。原來人根本是靠著相信這世界而活的。因為若順著懷疑的態度，你還敢做什麼事呢？我們坐上公車，就得相信司機；進入餐館，就得相信廚師；坐上椅子，就得相信它的牢固，不然你怎麼敢坐車、吃飯乃至生活呢？乃因懷疑的人生態度是不可能的，它只會徒然造成人的危疑不安、進退失據罷了！

我們可以說，所有人生問題都是源於人生觀、人生態度的偏差失衡。所以，反省檢查我們的人生觀真是多麼重要的一件事啊！

道德實踐與科學認知的相輔相成

當我們標舉性善的人生觀、持信任的人生態度的時候，一定有人質疑：科學家不是教我們於無疑處疑，才不會被偽知識與感官的錯覺所誤導嗎？疑正是科學愈趨精確嚴謹的動力啊！

這話當然不錯，而我們要釐清的是：人生觀、人生態度和科學活動本就分屬不同的領域，不宜混為一談。科學活動處理的是知識界或系統運作的層面，所以要基於疑去作更徹底的追究與檢查，看是否果然合邏輯、不矛盾、沒漏洞。但人生觀、人生態度要面對的是眼前當下的實存世界與價值實現的層面，所以要基於信去肯定人之性善、我之心善以疏通價值根源、釋放創造動力、超越人我限隔、體現主體的自由與人我的合一。

也可以說：科學關懷和處理的是生命活動所寄的這個環境、背景、舞台，人生觀、人生態度關懷和面對的是人在這舞台上要上演的是什麼樣的戲碼。（喜劇？悲劇？鬧劇？肥皂劇？）環境、舞台要求的是穩定、安全、可操作、少預期（種瓜要得瓜，種豆要得豆，我的生存權益要得到法律、制度的保障），所以要靠嚴謹的科學、知識系統來指導。但人生意義的呈現卻要求多采多姿、日新又新、自由舒暢、生機湧動，所以要靠剛健切實的人生觀去有效帶動。

但因為我們是同時存在於這兩重世界或兩層面之上，事實上在處事待人的時候的確很容易將這兩種活動的方式與原則混淆誤用。所以也必須要有一番橋歸橋、路歸路的明辨。

怎樣明辨呢？在兩者相距較遠而有明顯差異之時當然不難。例如上班作角色扮演時應以維護制度、公益為重而絕不徇私；下班與家人相處則應以生命感情的交流感應體諒為重而不宜公事公辦等。但在兩者交錯重疊之時，就須有精細的明辨工夫了。例如面對一位屢犯同樣的過失或一再借錢不還的朋友，卻在你面前信誓旦旦說要改過，請問你還要不要相信他？借他錢？

這時就真須要有橋歸橋、路歸路的兩路並進的工夫了！我們一方面仍當相信他有改過悔悟之心（因為人性本善）而樂意幫助他，但同時又要清楚認知基於他的習性與過往紀錄（這則屬於知識、模式反應層面），他有很高的或然率會再度食言。換言之，我們要正確掌握他的實存狀況是蘊涵著矛盾的，若他改過的決心不足、方法不周，他會有心無力（心力與法力），只會在又一度失信之後懊悔自責罷了！

所以，我們的面對之道就該相信他的改過之心，但對他有效改過之力存疑。然後為貫徹他的改過善心、幫助他真的重建自我，不妨就針對他力不足、法不周之處予以要求與協助，例如要他提出可行的還債方案、改過步驟，並一步步予以監督等等。當真的兩路並進、相輔相成，而幫助他走出難關、自我實現，我們將會又一次體驗到人性的良善真理，並且因為參與其中而獲得與有榮焉的道德實踐之樂。

當下一念便決定際遇是禍是福

正確的人生觀對人生的禍福到底有怎樣重大的影響呢？原來它的關鍵性影響就在我們遇事時的一念之間。當我們乍遇一樁意外或變故，無法僅按照常規就能推進或打發，而必須為這眼前的特殊情境作出抉擇或判斷的時候，如果我們的人生觀是肯定人之性善的，我們就會相信自己即使在逆境也能發揮創意，轉禍為福，而且對這發生變故的人世也仍能保持希望與信任。反之，我們的心理就會在意外發生之頃受到打擊，第一時間的反應就比較可能會是失望、沮喪、懷疑、憤激、灰心、逃避、怨尤、放棄。別小看這一念間的心情、想法與傾向，順此以往，很可能就是差之毫釐，失之千里，造成完全不同的人生發展與結局。

二○一一年初冬的一個夜晚，我騎單車經過一輛停在路邊休息的計程車，卻不料司機忽然打開車門，我就撞上去並且摔倒在地上了！結果是右手小指扭筋撞傷。司機態度還不錯，不斷道歉並且要送我去醫院。我倒沒跟他計較，只叫他以後要小心點就自行回家了！之後不免每天都去看醫生復健、敷藥，心想大概至少要一個月才能痊癒吧！我也就把它當每天的例行事務去做。真的，心情與作息一點兒都沒受到擾亂。

在事發的當下我其實是這樣想的：事情已經發生，不要懊惱、後悔，立刻作有效處理才是正辦。而且，幸好我車速不快，車門也早開了半秒，所以我是在車門完全打開後才撞上的，否則，若撞上銳利的車門邊緣，或是我摔倒時後面有一輛車剎車不及跟上，那就真是不堪設想了！這樣看來，還不免要自覺慶幸哩！所以，**際遇的幸抑不幸，真的可以隨人的想法看法不同而有巨大差異**。

這讓我連想起多年前另一次騎車摔傷的經歷。那次我是被一位小姐開車因沿路找門牌而不小心從後面撞到，雖然她開得很慢，我還是往前翻滾摔落在地上，左小腿重重撞在單車鐵槓上，立刻起了一個大疱。小姐當然大驚失色，趕緊扶我到附近一家外科敷藥包紮，然後送我回家。當她坐下，驚魂甫定，不免好奇問我說：「你為什麼都不罵我呀？」我笑說：「撞都撞了，罵你有什麼用呢？」其實我當時是這樣想的：「被汽車撞吔！才起一個疱而已，已經夠幸運的了！」

過了一個禮拜，那位小姐提了兩罐茶葉來看我，說起她爸爸前幾天也被汽車撞了，在擔架上一直生氣開罵，她就跟爸爸說：「爸！我前天撞到人，別人都沒罵我，你就別罵了罷！」她爸爸竟然就消氣不罵了！沒想到我一念之仁，竟然還會有連鎖反應哩！

我舉這兩個親身的事例，只意在說明一個人若人生觀的大本素定，常會在一念之間幫助人在人生方向上作出正確的抉擇，遂能轉危為安，轉禍為福，正所謂「退一步海闊天空」。那麼我素定的人生態度是什麼呢？聊書於此以和讀者分享：對每一個現在，我是「誠意正心，戒慎恐懼」，對所有過去既成事實，我是「不後悔、不懊惱、不自責。」對未來，我是「只抱持永恒的道德理想，而絕無任何預期。」我真的是靠這三句話安心立命的，不知您是否也有同感？

賈伯斯教了我們什麼？

二〇一一年冬，蘋果電腦的創意巨人賈伯斯終於不敵病魔胰臟癌而辭世了。雖然世人應該都已有心理準備，仍不免感到震驚。也許是賈伯斯的所作所為，仍有超乎世人心理所準備的範圍罷！例如他明知來日無多，卻仍然在他的工作上奮鬥至死，真可謂鞠躬盡瘁。所以 iphone 4S以未完成的狀況推出，反成為世人瘋狂搶購的「賈伯斯紀念版」。至於「賈伯斯傳」在全世界同步推出，立刻掀起搶購熱潮，就更是世人在心理震撼下的必然反應了！

但，賈伯斯之所以不世出（有人把他和亞當、牛頓、並稱為改變人世的三顆蘋果），其根本要素在那裏？依本書的觀察角度，我們仍當說在他所抱持的人生觀。而他的人生觀的形塑，又與他在生命歷史中幾次關鍵時刻的一念所思有重大關係。正是基於這個理由，我個人認為在賈伯斯的行誼中，最重要、最值得我們注意的文獻便是他在史丹福大學一次畢業典禮上的講辭了。在這次演講中，賈伯斯提出三個影響他最大的生命故事。其一就是他為了不忍讓養父母耗盡所有來供他念書而從大學休學。他認為這是他一生中所作過的最好決定，這使得他擺脫無聊必修課的負擔而可以自由聽課。其二是被他一手創辦的蘋果公司開除，他也稱這是蘋果公司對他作的最好決定，這使得他得以卸下沉重的業績負擔，再一度讓創意自由飛翔，因此才有皮克斯公司的動畫成就終而重返蘋果電腦。其三就是罹患胰臟癌，這則更是使他認清生命的本質，放下對生命因執著而來的所有負擔，而能充分善用有生的每一寸時光，他因此稱死亡是生命最偉大的設計。

上述的三個生命故事，其實是有一以貫之的核心理念的，這便是「自由」。藉由這三次歷鍊，賈伯斯由小而大，逐次放下形軀生命的有限負累，而親證心靈生命的無限自由。他的創意從此出，他對工作的嚴苛要求也從此出。我們須知他的奮鬥至死不是工作狂（那是生命價值投射於工作而形成對工作的依賴），而是自由地盡其性。他對部下工作上的苛求不是純技術面的精確，而是技術須有效滿足藝術與人性需求的「藝術性精確」。他的工作目的不是為了追求金錢與享受（他永遠穿一件黑色套頭高領T恤與牛仔褲，雖也屬三宅一生與李維的名牌，畢竟就僅此一款），而只是自我實現。

通過上述的分析，我們遂可肯定，賈伯斯雖然身患惡疾，年壽不永，他的一生仍是幸福悅樂的。**而所以是幸福悅樂，則根本源於他完全主導了、掌握了他自己的人生，這就是所謂自由，所謂盡性，所謂自我實現。**而他所以能如此自由掌握自己的人生，則無非是他抱持了一個正確的人生觀罷了！

當然，抱持正確的人生觀不是知識問題，可學而至，而是實踐問題，須在自己的生命歷程中一次次歷鍊、反省、覺悟、堅持而得。賈伯斯的一生正給了我們一個極好的示範。擁有了這最重要的一點根本之正，他的一些弱點與小瑕疵也就無足掛齒了。

從養心進一步到養氣

關於人生觀或說養心這一邊的修養課題，我們的討論就到此暫告一個段落了。下面要談的是與養心相對的另一邊課題，就是養氣。

所謂氣，指的是我們的身體，包括身體的結構與功能，這兩者大致分屬物質概念與能量概念。當然質能是一體的兩面，物質可以散為能量，能量也可以聚為物質，質量與能量也可以互換。但由於文化性格的不同，大略說來，西方文化傳統更重視物質的結構，所以發展出知識體系；中國文化傳統更注重生命能量的流動，所以喜歡用流動性的氣來代表身體乃至整個大自然。

但不管是著眼於物質（體）還是能量（氣），身體都是個有限概念，相對的心則是個無限概念，哲學上分別稱為「有限性」與「無限性」。

當然，如果不就個別性的身體（或物結構）而就全宇宙而言，物質也是無限的（此可稱為「無限量」），這則可總稱為「天」。那麼這天的無限量和心的無限性有什麼差別呢？我們不妨這麼看：心是專就與身連為一體的人生格局來說的，所以人沒有無限量（只要牽涉到身體，都是有限的，能力有限、知識有限、年壽有限），只有無限性。而所謂無限性，乃是指心雖然內在於有限的身體，卻可以不受這有限性所限，而可以超越形軀，直通於天，這就可以用心對普遍理想的嚮往來表示。換言之，心是身與天的橋樑，也是我們從有限的一身通到無限的人群、世界、宇宙、天的發動處。我們前面所談的一念之間往那邊想？畢竟當秉持怎樣的人生觀？正是指此而言。

但就算我們發心了，願意用無私的愛去超越己私，關懷人群、籠罩宇宙了，我們仍然有落實下來該怎麼做的問題存在。

而所謂落實下來，就是重新回到我們的有限形軀，畢竟要如何克服種種限制，重證自由與愛的問題。這時，我們不妨就先用一個比較流動性的「氣」去取代比較局限性的「身」，來點出修養的核心課題：如何轉化滯碍的身體格局為活潑開放、易於融通的生命行動？原來養氣的要義，正是在希望能通過我們的身體形軀所表現出來的感情行動，去與人相通相答、相知相惜，以終於心心相印，合為一體啊！

但我們又要怎樣才能做到把滯碍的身體格局鬆動轉化呢？這便牽涉到要怎樣看待我們的身體了，我們是把身體看作是自我的本身還是自我藉以與他人交通的工具？若是前者，就容易執著不化，因為自我有其主體的尊嚴需要維護，於是我們就會連分明是弱點的部分都不肯承認，而自我也就漸走向封閉了！相反的，如果我們不把有限的形軀直接等同於自我，而把自我主體更精確地定位在心，那麼基於心本質上屬於無限性，這時自我的主體尊嚴便基本上保住了！至於身體，就可以比較鬆動地從功能角度去看待，什麼功能？就是與人相通的功能。而為了有效溝通，身體言行的表現自然也可以活潑多方，這就是用氣概念替代身體概念的妙用所在。

養氣的工夫切入點：負面情緒

養氣的核心課題既然是「如何轉化滯礙的身體格局為活潑開放、易於融通的生命行動」，那麼就該先問：身體格局是為何變得滯礙的？然後才能對症下藥，予以轉化。

原來所謂滯礙，並不是指物理性的滯礙（重力、慣性、摩擦力……），而是指心理性的滯礙。什麼是心理性滯礙？統括地說，無非是指心誤認身體乃至身體的某種存在狀態（如青春、美貌、聰明、健康……）為我，遂基於心的無限本性而要求身體或身體的某種存在狀態永遠存在（不死）或永遠照此狀態存在（不老、不醜、不病……），但基於身體存在的有限本質，這種要求是不可能實現的（人無有不死、不老、不病、不退化），遂顯出這種要求乃屬無理的要求，這樣無理的要求即總名為「執著」。

因為執著有限的身體為我，亦即強從有限處求實現無限，心遂一方面須忙於維持形軀及其種種存在狀態的繼續存在，到處補漏，不免心勞力絀，完全無暇去與人通流，而愈陷於封閉、孤立；另一方面則正由此而誘發愈益嚴重的憂懼疑惑、矛盾徬徨，而構成人深重的情緒問題。

我們可以說：既然氣的核心義即是「實存」或「生命真實的存在」，那麼有關養氣的課題自然就是如何維持其真實存在而避免其陷於不存在的危機之中。而生命為何會陷於不存在？根本原因就在於心的誤執有限形軀為我，而引動強從有限處求無限的無望努力，這無望的努力遂反而誘發人心的不存在感，這不存在感的表徵就是種種憂、懼、惑的負面情緒。因此，養氣的工夫落實下來，不妨就從負面情緒的處理入手，由此逐漸追溯到這種種負面情緒的總根源：心之執著，然後即順此追溯反省之勢而予以解消，以恢復心的正見與氣的健康實存。

原來在養氣的課題中，重心與關鍵仍然在心而不在氣。換言之，氣或形軀肉身雖然是有限的，是必然會老會病會死的，但這其實不必然會帶給人憂疑驚懼，人也可以對此平心接納；會造成人的不存在憂懼的，其實是心的不存在。但心以他原屬無限的本性，怎麼會不存在呢？則知心的不存在感其實只是一種因執著而來的錯覺。所以，只要心一念自覺，放下執著，便能心歸心，身歸身，無限還給無限，有限還給有限，身雖老病死，心依然可以維持他的自信而一點都不會有不存在之感。這乃是從養心到養氣都一以貫之的道理。

但養氣與養心在工夫上畢竟有其不同的要點，這便在於養心主要是落在使心念一動，便是正念，所以我們聚焦在人生觀的正確樹立之上。而養氣則是將重心放在心已進入氣中，不正確的人生觀已造成心對氣的執著而出現種種我將不存在的憂疑恐懼，而我們當如何處理扭轉之上。這當然和總括性地討論人生觀、討論生心動念如何真誠端正是不同的。可以說，養氣的切入點其實是人生的病痛如何療癒，所以我們遂選取負面情緒如何處理？來作為養氣的代表性論題。

生別人的氣和生自己的氣

負面情緒雖然樣態繁多，但其實無妨化繁為簡而總稱為「生氣」或「動氣」。原來生氣者，就是人對自己的存在情境感到不滿的表示，也是人感受到他人或環境的傷害、威脅而起的防衛性反應。這反應的積極表示是憤怒，它會導致反抗、攻擊等積極性行動；其消極表示是憂懼，它會導致逃避、放棄等消極性行動。介乎其間的是疑惑、怨尤，則會導致猶豫、擺盪、反覆等矛盾不統整的行動。當然，上述種種常是混在一起，交替呈現的。**總之就是表示氣之不平，也就是生命的存在狀態失去穩定而動盪不安**，所以，滿合適就用生氣、動氣來概括。

但凡生氣總有生氣的對象，那麼當人生氣時是在生誰的氣呢？大致來說，總不外是生對方的氣和生自己的氣；亦即表示對所處的環境不滿或對自己不滿。而這兩者歸結到最後，恐怕還是源於對自己不滿而生自己的氣罷！

所以，**所謂生別人以及環境的氣，常常都是一種轉嫁、一種對自己不滿的投射，亦即孔子所謂「遷怒」**。當一個人滿肚子氣的時候，真的是誰碰到他誰倒楣。當然，追溯到這一連串遷怒事件的源頭，似乎總有一個罪魁禍首惹我生氣。但即使追溯到這個禍首，他所以會惹我生氣仍然是源於自我能力的不足（因技藝不足而輸他、因修養不足而受不了他、因愛心愛力不足而嫌他怪他……）；**所以在氣別人之時其實同時也是在氣自己，而且氣自己才是整個生氣事件的核心**。

而這核心就稱為自尊，所以我們也可以改從自尊的角度去詮釋人的種種負面情緒：我們生別人的氣是因他傷了我的自尊，讓我難堪、丟臉、下不了台、難以釋懷；我們生自己的氣是恨自己為什麼這麼差勁、沒種、軟弱、害羞。而很明顯，我的自尊所以會受傷仍是因為自我太軟弱，所以後者才是問題的核心與關鍵。

於是人遂為了護衛自尊而生氣了！他首先的反應就是生別人的氣，包括指責、怨怪、譏諷等等，目的無非是想藉此掩飾自己的軟弱無能。即使付諸激烈的反擊、復仇行動以致帶來更嚴重的傷害，這非理性的反應仍清楚地彰顯出人妄想用更誇大的生氣來自我掩飾的事實。

所以才說：自大（虛假的自尊）其實是自卑的表現。

基於虛張聲勢的反擊其實無效，人於是發展出一種更幽微弔詭的自衛之方，就是反過來生自己的氣。這遂導致種種自傷自憐、自怨自艾、自暴自棄、自我嘲諷、自我否定的言行表現。這可以總說為自我封閉，其具體意象就是人在低潮時常會把自己關在小房間中，沉浸在傷感的情緒中，拒絕別人的探問。

這種用放棄自己來保護自己，用先自我否定來預防被別人否定的奇特方式是矛盾而無望的，這種對負面情緒的自我縱容，到極致時便會凝成對死亡與黑暗的魔性嚮往（以為一了百了？）而將自己的人生帶到愈灰暗陰鬱的境地，這可以說是自我受傷的最嚴重狀態。

對生氣的病識感與自救之道

當人掉進負面情緒的陷阱乃至深淵之中，該怎麼辦呢？在此要先畫出一條界線，區分出兩大領域，就是能自拔的部分與不克自拔需要靠他人援助的部分。

但能否自拔的界線要怎樣判定呢？一個最明確的標準是有沒有「病識感」，也就是說：能否意識到自己正掉落在情緒的陷阱之中。而很弔詭的是：**當人能意識到並承認自己正陷於情緒風暴，他其實已跳出來了**；或嚴格說並沒有真正陷在情緒泥淖之中，亦即：他容或還在生氣，但那只是機體運轉的慣性或餘勢猶存，他的心已跳出來了，這也就是所謂「**身心分離法**」。而真正陷於情緒風暴中的人是不承認他的生氣是一種陷落的，他會運用各種說辭來合理化他的生氣，論證是他人的過錯，他是基於正義感等等，總之是生氣有理，是可忍孰不可忍？連這都不生氣就簡直不是人了。但正因他合理化了他的生氣，他就反而不該不生氣，從而也就無法從情緒風暴中脫身了！

這像極了酒醉的人總不承認他醉，說自己已經醉了不能再喝了的人反而是還沒真醉的。同樣，承認自己罹患了精神疾病而願去看醫生並定期服藥的人，其實病情不算嚴重較容易治療；不知道自己生病、不承認自己有病而抗拒治療的人才真的嚴重，這就是所謂病識感。

病識感當然是醫學用語，換用生命哲學的用語，其實就是心靈的自覺或自我察覺。這又可以就內外兩面來看，就心靈自己的內部看，是指心靈本身處在覺醒狀態（明）而非昏沉狀態（昧）；就心靈及於外物的外部看，是指心因覺醒之故能對自我當下的行動作為如實了知，如吃飯時知道我在吃飯，走路時知道我在走路，當然也包括生氣時知道我在生氣，亦即佛家所謂「了了分明」。

前者一般稱為「覺」或「明」，後者則稱為「知」或「照」。當然心得明覺才能知能照，所以後者也常與前者連稱為「覺知」、「覺照」、

「明照」，也就是以覺而知，藉明來照的意思。

現在回到如何處理生氣的本題上，當我們在生氣時，首先要查問的就是：此時我的心覺不覺或在不在？亦即：我知不知道或承不承認我在生氣？當然，如果根本不知道或不承認，那下面就不用談了，只好靠遇到貴人來搭救，這是我們先不討論的領域。我們現在要先討論的領域是知道與承認，那麼好，如果承認了呢？就要進一步自問或自我檢查：我的承認是只承認生氣這事實卻仍自認生氣有理呢？還是能進一步承認凡生氣都沒理、都有問題；或說：人在生氣時是沒有能力或資格去過問是非的，因此應該先撇開誰對誰錯的問題先專心面對自己的生氣，這樣才能承認自己受傷了從而專心去療傷以恢復氣的平靜與飽滿。就這樣步步自省，自然便能帶領陷於情緒風暴中的自我慢慢走出來。而這樣自我療癒的根源力量便在心靈的自覺，其間一步步走出來的歷程便是心靈對自我存在處境步步增強的知或覺察。自救之道細論起來當然很複雜，但根本要義不外如此。

自我療癒與人格重建

當心能覺知、照察自我的存在處境，便能逐漸改善自我的存在處境，使它從負面的受傷、壓抑、堵塞的狀態扭轉為健康、自在、舒暢的狀態。這樣逐漸扭轉的過程，其實就是自我重建的過程，也不妨就總稱之為養氣。

原來所謂自我的存在處境，不止是指我這個人與我所處的社會環境，更是就我這個人而言，直指我的心與心所處的形軀肉身。當我與社會不和，要秉持自我的創造力去改善社會；同樣的，當心與身失調，也要靠心的覺知能力去改善形軀的結構，包括養身與養氣。前者就是一般所熟知的在生理層面的注意健康、飲食、運動等等；後者則比較接近心理層面的調適。只是一般所謂心理調適，多半是凸出問題的症狀，問題的解決則委諸專業的心理、輔導專家。而我們在這裏強調的卻是心與身的關係，也就是要以自覺的心去替代外界的心理、輔導專家，來進行自我療癒、自我改善、自我重建的工程。因為只有這樣才能獲致真實而充分的身心和諧，而不止是症狀的暫時緩解；因為氣之所以不順、身（自我人格結構）之所以失衡，根本原因正在於被昏昧不覺的心所誤用所干擾。所以解題之道仍須回到心的覺醒（所以養氣之本在養心），來自我改過、自我療養、自我重建。

好，現在回到本題，我們如何秉持自覺的心去自我重建或者說將自我的存在狀態逐漸由負面扭轉到正面呢？

大體言之，是我們的心當每一次因著人生際遇的刺激而覺察到自我人格結構的失衡，包括習氣、成見、自我防衛機制等等，遂引動一連串的自我反省與檢討，懇切問自己這些習氣是怎麼來的？它們因何會一再阻礙了人我的相通而導致自我的存在挫折與創傷？

由此追溯自我的成長歷史，重建此原始創傷的發生現場，並藉著恍然有所悟的理解力解開此長久沉積的心理鬱結。而就在此刻，也就是一次將自我人格結構予以重整的機會。

每一次懇切的反省重整，將失衡的自我人格結構（或有雜質、盲點的人生觀）校正一分，累積一次又一次的校正，自我的人格結構、存在狀態也就逐漸恢復正常了。

像這樣的心理病痛的療癒過程，略近於西方的心理分析，但其間最大的不同，仍如前文所提到的，**是這種心理分析不由心理輔導專家執行，而是由當事人自己進行一種自我心理分析**。這樣不止更親切，而且也能免除被輔導者的疑慮與對輔導者的心理攻防。其次則在這種中國式的心理分析，所依據的理論不是西方心理學而是中國傳統的心性學，**它與西方心理學的基本差異則在於它涉及人性中的終極價值的探討，因此對人的心理創傷可以有更根源性的詮釋**。

這種自我療癒重建之學，肇始於孔孟老莊，成熟於宋明的程朱（理學）陸王（心學），心學較重於養心，理學更重於養氣。如朱子所謂格物，正是反省過去的歷史經驗，找到創傷的病灶而予以價值上（道德上）的校正的意思。等格之既久，就會有一旦豁然貫通，而生命恢復完全的健康自由的境界出現。只是這一套身心療癒的學問，已經消沉了三四百年之久，以致現代中國人已不甚了了而已。

養氣的下一階段主題：如何實現愛

當生命的存在創傷與歷史病痛漸漸療癒，生命的存在狀態也就漸漸由負向（傷病）歸零（恢復健康）。而恢復健康的最重要徵象，就是自我重新感受到自由無累、自在逍遙，也就是一種輕鬆感（無累）、舒暢感（自由、逍遙），自我存在感（自在），總而言之，就是「我自由故我在」。

傳統的道家老莊和佛教禪宗，要實證的生命自我、存在境界，無非就是如此。而實證的歷程，也一定是不斷地作病痛（負累、業障、習染）的療癒，只是佛家禪宗更重在以覺醒的心（明心）去作病灶的化除（放下、捨），道家則更重在藉反省病痛的來源（虛偽的仁義道德），以豁醒虛靜的真心罷了！

但當心靈覺醒、病痛療癒、生命恢復健康之後，人生還有什麼課題要去面對完成呢？這便進入生命修養或養氣的一個新領域，就是以明覺的心，湧現愛人的本性本願，而且要求自己善用身體形軀的種種才能去將這愛人之願在生活中加以實現。

原來自由並不是人生的終極理想，健康只是自我實現的初步基礎；從自由更進一步去實現愛人的本性、人我一體的理想，才是生命存在的最充分證明。這時，不止是「我自由故我在」，而更是「我愛故我在」。

在這裏，我們應該先釐清自由與愛（或主體性與道德性、自我與人我合一、道德生活的內在本質與外在理想）的互相關係。簡言之，自由是愛的基礎（不基於自由就無法去愛），但愛才是自由的充分實現（不能體驗人我合一的充實滿足與相愛的美好滋味，自由只是一種空虛蒼白的假相）。或說：主體性（心靈）是道德性的動力根源（孟子稱為「義內」，即價值根源在內不在外），但道德性才是主體性的真實內容與職分（所以孔子說「仁者愛人」，不愛人就不算仁者）。

總而言之，自由與愛其實在概念上是互相規定的一體兩面，在道德生活上是互為因果、迴環相生的辯證發展。所以我們在談論過如何藉病痛的療癒以恢復生命健康與主體自由之後，還要進一步談論如何才能完成愛人或人我合一的理想，所謂「養氣之道」才算完備。

換言之，生命已經從負向歸零了，下一步就是如何從零往正向提昇，以企及正無限大的道德理想。

如果負無限大象徵的是黑暗苦痛的地獄，正無限大就是象徵光明悅樂的天堂。人生不就是在地獄與天堂之間，不斷作遠離地獄、企及天堂的努力的嗎？

而在地獄與天堂之間，有一處既無病痛也尚未有價值實現的緩衝之地，就是清靜無為、逍遙自在的主體自由境界。也就是非正非負的零點，道家、禪宗稱之為虛靜、清淨、空、無、自在、逍遙，但若就整體人生而言，**則零仍只是一個暫時休憩的假期而不當久留**，等我們病體已癒，精神養足，仍是該銷假上班，去創造人生理當擁有的存在意義才是。而這就是養氣的下一階段主題了。

愛人路上的必要心態：謙遜

僅以純粹主體性、虛靜心為我，稱為「真我」；連同心、身一體並稱的我，名為「小我」；以小我為立足點，發出愛的熱力與光輝，去連通人我為一體的動態擴展的我，則稱為「大我」。

當然，不管小我大我，都須以真我為本。當心靈昏昧，不止大我推擴不出去，就連小我也會橫生挫折、創傷、疑懼而不保。所以，當自我受傷，要先反求諸己，療癒創通，重證真我，重建根本自信。但當自我復元，就要重新開啟愛人的事業，在一次次人我溝通合一的經驗中，體證大我的存在，也同時驗證真我之仍真。

換言之，大我（人我合一的實踐）不但是人道德生活的理想，更懇切地說，大我更是自我最真實或最現實的存在狀態。因為若不朝實現大我的方向去拓展，或嘗試拓展而不成功，都表示心靈真我已失真，包括喪失愛人意願而變成自私，以及減損了愛人能力而使愛人事業失敗；而如此將必連小我也不保。**所以小我只是自我存在的始點或立足點，大我才是自我存在的充分實現，而真我則是自小至大，一以貫之的自我本質。**由此看來，愛人在人生中的地位真的是多麼重要呀！

但，愛人事業要怎樣才能成功呢（人我合一的大我存在要怎樣才能實現）？遂成為自我肯定、自我實現的重大課題。

愛人事業的成功首先當然要基於真心，所以每當愛人的行動遇到挫折，都要反求諸己，自省其心是否已失真，這可以說是在動機層面的反省，傳統心性學實以此為主流大宗。

但除了動機的純良無私、光明不疚，還有另一層面有待檢討，那就是功效的問題。這牽涉到愛人行動的知識、能力、經驗，也牽涉到行動的方法、策略、步驟的安排、設計、選擇，以及行動時輕重緩急等分際的權衡拿捏。**必須知識廣博、能力高強、經驗豐富而且在實存情境中的感應敏銳、抉擇適時、應變純熟，才能促使愛人行動的成功。**

然而，我們對上述的種種知能條件，須得有多充足的學習、鍛練、準備之後才能去愛人呢？這卻是永遠都準備不完的。換言之，這牽涉到人的有限性，不但己身的知識、能力、經驗有限，面對無限寬廣的世界，我們所擁有的時空也很有限，能承擔與完成的愛人事業也很有限。我們一不小心，就會被我們無限的愛人理想所否定，被現實沉重的愛人責任所壓垮。

於是，在投身愛人事業的無窮歷程之時，首先便要建立在行此道上的根本心態，就是自謙，永恆的自謙，也就是要正視自我在形軀肉體層面上的有限與不足，而不要強求。

原來，我們的心（真心）是屬於無限性，我們該在此建立我們的無條件自信（反求諸己，以肯定自我的無限性）。但我們的身卻是屬於有限性，因此當我們要透過小我的立足點去作大我的推擴時，便要警惕自我的有限，而秉持永恆的謙遜，才能步步為營，真實走上愛人之路。

又要力求效果，又要徹底放下期待

愛人事業牽涉到兩個重要的元素，一個是動機端的純善，包括自由、主動、無私，一個是結果端的有效，包括主觀上讓被愛者真實感受到被愛的幸福、客觀上讓被愛者的處境獲得真實的改善。這和單純的自我肯定或建立內在的根本自信相比，明顯地不能止於問心無愧（動機端）而已，還要進一步要求所付出的努力要有效果，愛人要愛到（結果端）才行。這時，對自我而言就不止是自我肯定，而更當稱為自我實現。

但，僅問動機端的問心無愧是完全可以操之在己的。（所謂「當下即是」，亦即孔子所謂「我欲仁斯仁至矣」。）而說到結果、效果如何，就不是一己所能決定的了！於是，動機純善，真誠願竭己之力去愛人的人，反而容易對不如預期的結果失望而受到打擊（無心愛人，只敷衍了事的人反而無所謂挫折），這不是很不公平嗎？但真心愛人的君子仍當在此反躬自省，就是不應將自己的愛心與愛人理想（此屬無限性）無限上綱，以致漠視客觀處境的有限，反自陷於矛盾困窘的局面。在此，愛人助人者應當持「但問耕耘，莫問收穫」、「謀事在人，成事在天」的態度，才能「人不知而不慍」，而保護好自己的良心善意，免於因受到打擊而灰心喪志。

但，既然但問耕耘，莫問收穫，是不是就可以隨便耕耘呢？那又不然，因為愛人事業仍是要求效果的。所以仍當尋求最有效的方法去耕耘，以盡可能提高收穫的或然率。只是人世無常，再合理的方法、再高度的努力，仍可能遇到極微的或然情況而全盤落空；所以我們仍應在作出求最大收穫的努力之餘，依然徹底放下對收穫的預期。換言之，我們所以尋求最有效的方法去耕耘，只因理當如此，而非如此可保證有最好收穫。所以孔子才告誡我們「毋意」（不要對後果有任何臆測預期）。這可以說是我們在愛人事業中，兼顧動機、結果兩端平衡的微妙態度。

秉持這樣既努力求收穫，又不要把事實上有沒有收穫放在心上（完全放下對收穫患得患失的心理負擔）的微妙心理，不但在從事一般事業時該如此，在愛人事業上尤其要緊。乃因人心微妙，變數更多，其中最重要的一點就是自尊心。人往往會為了維護自尊心之故，對他人的忠言勸告偏不肯聽；對他人的辛苦幫助反而報以不屑的冷漠或譏諷；乃至恩將仇報、孤負好心的事也真是所在多有。對此，愛人者常不免心灰意冷，深感所為何來？但我們得說，一個真誠的愛人者仍只當反躬自省，問自己為何會心灰意冷？為何不能更徹底地體諒對方的自尊需求，而更徹底地以無私無求的愛心去協助他？換言之，我們仍當回到真我的基礎，以無條件的自信、自我肯定，去超越在愛人事業上可能遇到的一切不合理際遇。

真的，愛是強者的道德，也是自我存在的最充分證明。我們在愛人路上遇到的一切挫折、打擊，其實只表示我們的內在自我仍有未經反省照亮的幽暗盲點。只有回過頭來再一次自我覺察，才能再出發去善盡仁者愛人的理想。

自我發展的永恆無盡

「自我到底是什麼東西？」這可以說是唯人所獨有，無人可以例外的困惑；也是每個人窮其一生，解之不盡的難題。老子說：「吾所以有大患者，為吾有身，及吾無身，吾有何患？」所謂「身」，就是指自我（自身、親身、親自、自我，都是同樣意思）。自我既是人生一切意義、價值、尊嚴、快樂的源頭，可也是一切苦痛、創傷、煩惱、憂患的源頭。動物沒有自我，所以無所謂高貴或者低賤；人卻因為有一個自我，所以可能上達也可能下達。而在兩可之間，是沒有中間位置的；所以不為聖賢，便禽獸不如。（不是因認真上達，創造出人存在的意義價值而比禽獸尊貴；便必然會往下沉淪，惹出滿身邪惡，而比無善無惡的禽獸更不如。）

因此，人生只有一條可通之路，就是正視人性內在的價值需求，通過

不斷的道德創造活動（以創造出人存在的價值尊嚴），**去將自我充分實現出來。此之謂「自我實現」、「活出自我」**。

而從上述的這一點精義，我們遂可以分析出一連串有關自我的概念，以有助於我們對自我的了解。

首先，**自我不是一個一出生便完成的定型概念或有限概念，而是一個永在動態發展中的概念**（我發展故我在），即所謂「生生不息」、「日新又新」。

但，發展些什麼呢？並不是把蘊藏在基因中的成分照原樣呈現出來，而是無中生有地創造出自我存在的意義感、價值感來，這特稱為「道德創造」（有別於上帝之創造萬物）。所以**自我又是一個創造概念**（我創造故我在）與道德概念（我就是一種有意義的存在）。

但創造性固然與生俱來，但創造的能力卻點點滴滴都得在生活經驗中學習、磨鍊得來，這遂凸顯出修養、修持、修鍊的必要。所以**自我又是一個修養概念**（我修養故我在）**或實踐概念**（在做中學名曰實踐）。

而通過修養、實踐，我們可以獲得的能力或實現的意義是什麼呢？就是自我內在的自由感與人我間的愛或人我一體感。所以**自我又是一個自由概念**（我自由故我在）**與一體概念**（我愛故我在）。

當然，修養，實踐，創造，發展的過程不會一帆風順，總不免有上下無常的跌宕，而在上達失敗，亦即蒙受打擊、挫折時便會誘發自我憂、惑、疑、懼種種病痛，而須反省，改過，療癒。所以**自我又是個療癒概念**（我反省故我在、我悔改故我在）。

而在健康與傷病之間，遂顯出自我或真或假、或正或邪、或生或死、或樂或苦的兩端閃爍、辯證弔詭之相。所以**自我又是個辯證概念**（我是我，又非我），中涵無限複雜其實又本屬單純，也正就是自我問題所以解之不盡的原委所在。

既然自我的解題之道，永說不盡，那麼也就無妨在寫滿六十篇的此刻做一個暫時的了結罷！六十依干支是一週期，再一個周期的發展就期諸生生不息的一代代後來者罷！

新世紀智慧館 16

把丟掉的心找回來

作者　曾昭旭
責任編輯　陳逸華
發行人　蔡澤蘋
出版　健行文化出版事業有限公司
臺北市105八德路3段12巷57弄40號
電話/02-25776564・傳真/02-25789205
郵政劃撥/0112263-4
九歌文學網　www.chiuko.com.tw
印刷　晨捷印製股份有限公司
法律顧問　龍躍天律師・蕭雄淋律師・董安丹律師
發行　九歌出版社有限公司
臺北市105八德路3段12巷57弄40號
電話/02-25776564・傳真/02-2578920
初版　2012年6月
初版5印　2021年3月
定價　**260元**

書號　0204016
ISBN　978-986-6798-51-1
（缺頁、破損或裝訂錯誤，請寄回本公司更換）

版權所有・翻印必究　Printed in Taiwan

國家圖書館出版品預行編目資料

把丟掉的心找回來/ 曾昭旭著. – 初版. --
臺北市：健行文化, 民101.06

面； 公分. -- (新世紀智慧館 ; 016)

ISBN 978-986-6798-51-1(平裝)

855　　　　101008669